救国の戦乙女は幸せになりたい！

ただし、腹黒王子の求婚(プロポーズ)はお断り!?

秋桜ヒロロ

21085

角川ビーンズ文庫

Contents

✦ティフォン✦
いつもコレットの側にいる少年。
✦ヴィクトル✦
プロスロク王国第二王子。腹黒な性格。王子の中で唯一《神の加護》を持たない。
✦コレット✦
元・伝説の戦姫。困っている人は放っておけない性格。
救国の戦乙女は幸せになりたい！
ただし、腹黒王子の求婚（プロポーズ）はお断り!?

Characters

✦ラビ✦

ヴィクトルの従者。真面目で偏屈。

✦アルベール✦

プロスロク王国第一王子。いつも穏やかな笑みを浮かべている。

✦ポーラ✦

ステラの侍女。常にステラに寄り添う。

✦ステラ✦

グラヴィエ帝国皇女。皇帝の命で人質になりに来たと言うが……。

本文イラスト／縹ヨツバ

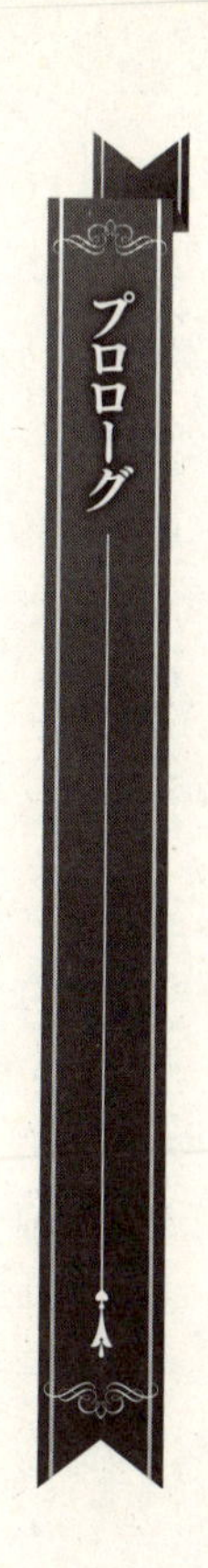

丸く切り取られた天窓から入る月の光と、小さな円卓の上にある燭台の灯りしかない暗闇の中、その女性は闇に溶け込みそうなほどの黒い髪を片手で弄びながら、気だるげに身体を赤いベルベットのソファーに預けていた。

彼女の周りには、まるで子どもの部屋のように大小様々な人形が所狭しと並んでいて、そのどれもが無事な状態を保ってはいなかった。鬱憤のはけ口にされた人形達は、腕をもがれ、瞳をくりぬかれ、腹からは綿が飛び出している。

そんな彼女はまた先日買ったであろう人形を撫でながら、真っ赤な唇の端を引き上げた。

「ヴィクトル、結婚してきなさい」

あくまでも優雅に。

隣国の姫だったことを忘れない優雅な声は、どこか陰惨とした響きを持っていた。彼女は光の届かない真っ黒な瞳を細めて、目の前の彼を愛おしそうに眺める。

その言葉を受けた青年は顔を持ち上げた。髪の毛は、彼女と同じぬばたまのような黒。瞳は深海のような濃い青だ。

「一体、どこの誰と結婚してこいと言うのですか。お母様」

凛とした響きの声に、扉の前で待つ彼の従者は冷や汗を顔の輪郭に滑らせた。

母と呼ばれた女性は、歳に似つかわしくない可愛らしい声を出して立ち上がる。

「二年前の戦争で活躍したという女騎士ちゃんと、よ」

彼の眉間がぴくりと動く。

しかし、その表情の変化は一瞬で、彼はすぐに先ほどまでの無機質な表情へと立ち戻った。

「どうしてですか？　確かに彼女は騎士ですが、身分は平民だったはずです。貴女の欲しがる〝権力〟とは無縁の存在だ」

ヴィクトルが突っぱねるような声を出せば、彼女はにたりと笑ってヴィクトルの前までゆっくりと歩いてくる。そして、無邪気な声を出した。

「噂で耳にしたのだけれど、彼女、《神の加護》を持っているそうじゃない！　本来、王族にしか現れない《神の加護》！　貴方の持っていない《神の加護》よ!!　平民だろうがなんだろうが、それだけで結婚する価値はあるわ！」

興奮したように言って、彼女は息子の頬を慈しむようにゆっくりと撫でた。

「貴方は人一倍優秀よ。もしかしたら、貴方の結婚相手が《神の加護》を持つ者ならば、貴方はまた次期国王としての扱いを受けるかもしれない。少なくとも、あのアルベールと対等に戦えるようになるかもしれないわ」

「俺は一度として次期国王の扱いなんて受けたことはありませんよ。次期国王として期待されているのは、今も昔もアルベール兄上だけです」

淡々と、まるで用意されている台詞を読み上げるようにヴィクトルはそう答える。その答えが気に入らなかったのか、彼女はいきなりヴィクトルの頰を張った。パン、と乾いた音が室内に響く。

「大体！　貴方がちゃんと《神の加護》を持って生まれなかったのが原因なんじゃない!!　だから私がこんな扱いを受けるのよ!!　貴方は！　貴方はちゃんとあの人の子どもなのにっ！」

「すみません」

「何が『すみません』よ!!　貴方は、いつも、いつも、謝ってばかり!!　本当は申し訳ないなんて、一度も思ったことがないのでしょう!!」

髪を振り乱して、今にも食ってかかりそうな勢いの彼女を、側に控えていた数人の騎士が止める。その隙に扉の前で控えていた従者がヴィクトルを部屋の外に連れ出した。

ヴィクトルが部屋を後にした瞬間、背後の扉は音を立てて閉められ、そして鍵がかけられる。そう、彼女は幽閉されていた。名目上は『精神疾患の治療をするため』としているが、彼の母がこうなってしまったのは幽閉されてからだった。

昔の彼女は良くも悪くも誇り高い女性だった。

驕り高ぶっていたと言われれば、そう見えてしまうような危うさも持っていたけれど。

自分の息子のことを王位継承者としてしか見なかったけれど。

それでもこんな風に幽閉されてしまうほどの愚かな人ではなかった。

「ヴィクトル様、大丈夫ですか？」

ひっくり返ったような声を出す従者に、ヴィクトルはなんてことない表情で頬を撫でる。

「怒られてしまったな。母はどうやら俺の結婚を望んでいるらしい」

「ど、どうされるおつもりですか？　当然、無視の方向ですよね？」

野暮ったい眼鏡を押し上げながら、従者は慎重に、引きつるような声でそう聞いた。

焦りを隠そうともしない従者に、ヴィクトルは唇に指を這わせながら「どうしようかな」と意地悪く笑う。

「まぁ、母の意見も一理ある。王太子に立候補するつもりはさらさらないが、《神の加護》を受けた者を味方に付けておけば、何かと優位に働くのも事実だ」

「つ、つまり……？」

「ラビ。至急、彼女の行方を追ってくれ。確か、戦争が終わったと同時に騎士団は辞めていたはずだ」

「本気ですか!?　貴方は一応、この国の第二王子なんですよ!?　戦姫と呼ばれて、もてはやされた過去があるかもしれませんが、彼女は平民！　貴方がそこまで落ちなくても……」

ラビと呼ばれた彼はひっくり返ったような声を出し、ヴィクトルに詰め寄る。『戦姫』というのはその女騎士についた二つ名だ。

ラビをさらりとかわし、ヴィクトルは歩き出した。

「落ちるというなら、ここ以上に落ちるところもないだろう？　それに、その彼女が俺からの求婚を断る可能性もある」

「あるわけないでしょう！　普通の女性なら、二つ返事どころか三つ返事で承諾しますよ！　あぁ、もうどうして、貴方のような高貴な方が……っ！」

短く切りそろえた茶色い髪を掻きむしり、ラビは腹立たしげに地団駄を踏む。

そんな幼いころから尽くしてくれている忠臣に、ヴィクトルは苦笑いを浮かべた。

「前々から思っていたんだが、お前は俺を買いかぶりすぎだと思うぞ」

「買いかぶりなわけないでしょう！　ロザリー様と同じ意見なのはあれですが、貴方ほど王位に相応しい方はいないと、私は思っております！」

胸元に拳を掲げながら、ラビは力強くそう言う。

ロザリーというのはヴィクトルの母親の名だ。

「ラビ、滅多なことをここで言うな。お前まで捕まるぞ。お前の場合は幽閉ではなく、国家反逆罪とかで死刑確定だがな」

からりと笑うヴィクトルに、ラビはすぐさま青い顔になった。あたりを見回して人がいないことを確認すると、震える声でヴィクトルに縋りついた。その瞳には涙が浮いている。

「おっそろしいこと言わないでくださいよぉ！　心臓が止まりかけたじゃないですか！」

「お前は本当に肝が小さいな」

ヴィクトルは呆れたような顔で、縋りつくラビに視線を投げた。

そして、廊下の先の分かれ道に差し掛かると、腕に引っ付いたままの彼を引きはがす。

「それじゃ、彼女のことは頼んだぞ。あと、黒塗りの馬車も用意しておいてくれ。見つけ次第、求婚しに行く」

「本気ですか？　今から考え直されても……」

「側室は何人いても構わないんだ。別に渋る必要はないだろう？」

「それは、そうですが……」

まだ納得がいっていないとばかりにラビは口をもごもごとさせていたが、やがて諦めたように一つ息を吐いた。

「わかりました。すぐに調べます」

「頼む」

ヴィクトルはそのまま彼に背を向けた。

そうして誰もいない廊下を一人思案顔で進む。

「それにしても、どこで戦姫の情報が漏れたのか……」

その呟きは誰にも届くことなく、静まりかえった廊下に溶けて消えた。

二年前、一人の少女が三年にも及ぶ戦争を終結に導いた。当時十六歳だったその少女は大した鎧も装備も着けず、ただ一振りの白銀に輝く剣で敵の軍勢を圧倒した。不思議な力を操り数多の敵を屠るその姿は、味方の兵士から見てもまるで悪鬼のごとくだったという。

向日葵の黄と夕焼けの橙を足したような髪に、淡く燃える黄の瞳。血の染み一つ付いていない真っ白な騎士装束はどこの戦場でも良く映えた。

戦場を悠々と歩く少女の姿に、当時の兵士は敵味方関係なく、皆、震え上がったという。

そして、後に『純白の戦姫』と賞されたその少女は――……

現在、失われた青春を取り戻すべく、孤軍奮闘していた。

「コレットさんって、本当にお淑やかで可憐な女性ですよね。とっても素敵だと思います」

「そ、そうですか？　ありがとうございます……」

茶色い髪の優男の隣で照れたように頬を染めるのは、コレット・ミュエール。

かつて『純白の戦姫』と呼ばれ、数多の戦場を駆け巡った女騎士である。

彼女は現在、街中を男性と二人で歩いていた。いわゆるデートである。

しかしながら服装は長袖のシャツに袖無しのベスト、長いスカートは動きやすいようにと紐で縛っていて、どこからどう見てもそこら辺の町娘の格好だ。

デート相手は肉屋のハリドからの紹介で知り合った、ノアという男性だ。

（ノアさんって本当にいい人だな。ちょっとお金の話が多いけど、優しいし、面白いし……）

隣を歩く男性を見上げながら、コレットはそんな風に考えていた。

彼女はとある理由から、十二歳から十六歳までの間を騎士団で過ごした。そのときに起きた戦争での活躍により〝戦姫〟などと呼ばれるようになってしまったのだが、そんな名誉な二つ名と引き換えに、彼女は普通の女の子達が当たり前に過ごすような青春を捨ててしまっていたのである。騎士団をやめてからの二年間も彼女は育ってきた救済院の立て直しに時間を費やし、十八歳になって初めて〝恋愛〟というものにチャレンジしていた。

その様は戦姫というより、戦乙女といった感じだ。

きっかけは最近結婚した友人からの一言だった。

『コレットってその歳で恋愛したことないのよね？　ひくわー……』

その言葉を聞くまで、コレットには全くと言っていいほど恋愛に対する欲がなかった。というより、考える余裕がなかったというのが正解かもしれない。

騎士団にいた頃、周りはほとんど男性だったが、彼らと交わしていたのは甘い言葉ではなく剣だった。一緒に訓練に励む同僚のことを男性として意識したことはなかったし、また彼らもコレットのことを女性だと思っていなかった。コレットが普通の女の子並みに可愛らしいものが好きだと言うと馬鹿にしてくる同僚までいた始末だ。

『コレットは「いつか素敵な王子様が～」なんて思っているのかもしれないけれど、そんな人実際にはいないんだからね！　現実を見ないと夢だって潰れちゃうわよ？　……アンタ昔から血のつながった家族が欲しいって言っていたでしょう？』

「家族、か……」

友人の言葉を思い出しながら、コレットはそう零した。

コレットには血のつながった家族がいない。

救済院というのは、戦争や経済的な理由から親と離れなくてはならなかった子ども達が共同生活を送る場所だ。コレットも救済院で育った子どもの一人だった。

十八年前のある冬の寒い日、籠に入れられた赤子の彼女は救済院の前で置き去りにされた。腕には青色のリボンが巻かれており、そこには『コレット』とだけ記されていたという。

救済院の子ども達は可愛い。育ててくれたシスターのことは親のように思っている。みんなは家族だし、何物にも代えがたい大切な存在だ。

だからこそ、コレットは十八歳になり救済院を出た今も、シスターと一緒に子ども達の世話をしている。

しかし、そんな思いと同じぐらいコレットは血のつながった家族も欲しいと思っていた。素敵な人と結婚してその間に子どもが生まれたならば、自分が実の親からしてもらえなかった分まで愛情を注ぎたい。幼い頃からそんな風に思っていた。

そんな忘れかけていた思いを、コレットは友人の言葉で思い出したのである。

なので、無為に過ごした青春を取り戻し、できれば素敵な人と結婚するため、彼女は仕事の合間を縫い、紹介された男性と会っていた。

ただ、彼女のそんなささやかな願望を邪魔する存在が一つだけあった。

「さぁさぁ！　これを飲めば我が国の英雄、戦姫様のように強くなれるよ！」

「うへぇ、絶対ヤダ！」

「あんな化け物みたいにはなりたくないやい！」

「…………」

滋養強壮に効く薬を売る商人と、それを冷やかす少年達の声が耳に入ってくる。

コレットは彼らの声に頬を引きつらせた。

（これは絶対にバレちゃいけない。ダメ、絶対!!）

戦争を終わらせた立役者として、戦姫は確かに英雄といっても過言ではない。隣国とのむやみな戦争が彼女のおかげで終わったのだ。もちろん、国民もそのことには感謝しているし、新しく騎士団に入る者だって、戦姫を目指している者も多いと聞く。

しかし、それ故に彼女は国民から恐れられているのだ。

齢十六にして、一振りの剣で戦場を鎮めていったその英雄譚は、国民に畏れだけでなく恐れを植え付けた。また、戦姫がどんな容姿なのかも伝わっていなかったため、それも彼らの不安をあおる原因となったのだ。

牙と角の生えた化け物女。

二メートル以上もあるゴリラ女。

人の血が大好きな吸血女。

戦争が終わって約二年、戦姫は国民の中でそんな風に噂される存在になっていた。

もはや戦姫という肩書は、自らの幸せを追い求める彼女にとって不必要どころか、無用の長物に成り下がっていた。

「コレットさん、大丈夫ですか？」

「……はい。大丈夫です」

かろうじて笑顔で答える。

青白い顔で薄く笑うコレットをどう思ったのか、ノアは優しく微笑んだ。

「もしかして、最近体調がよくないんじゃないですか？　それか、不安なことがあるとか……」

「えぇ、まぁ……」

体調は万全だが、不安なことは確かにある。そんなコレットの曖昧な頷きに彼は目を見開いた。その表情は獲物を見つけたハンターのようである。

「そうだと思いました！　コレットさんから不幸のオーラが出ているような気がしていたんです！」

「不幸のオーラ？」

なんだそれは、と首を傾げたコレットに、彼はさらに身を乗り出す。

「不幸のオーラを纏った人は、良くない人に付きまとわれたり、人に騙されたり、体調を悪くしたりと散々なんです！　早く浄化しないと大変なことになってしまうんです！」

「た、大変なこと……？」

「ちょうどよかった！　先日懇意にしている不思議な力を持つ方から魔よけの石を手に入れたんです！　コレットさんに譲りますよ！　格安で!!」

いきなりテンションの上がったノアに、コレットは身を引きながら頬を掻いた。彼の提案はありがたいとは思うのだが、どうにも勢いに圧倒されてしまう。

そのとき、道の奥の方から耳を劈く叫び声がした。声のした方に顔を向けると、大男がこちらに走ってくるのが見て取れる。その奥には倒れている女性の姿。

「泥棒よ!!」

甲高い声にコレットはすかさず反応した。考えて行動したというよりは、騎士団にいたときの条件反射のようなものだ。

コレットは走りこんでくる大男を正面から受け止め、腕をつかむ。

そして、男の走ってきた力を利用して、そのまま背負い投げた。

瞬間、麦の詰まった麻袋が思いっきり地面にたたきつけられるような音が轟き、土煙が舞う。

「私の目の前で悪事を働こうなんて百万年早いわよ!!」

まるで決め台詞のようにコレットは吠えた。土煙が収まった後には伸びた大男が地面に横たわっている。本当に一瞬の大捕り物だった。

一拍置いて、歓声が上がった。一部始終を見守っていた周りの者達は指笛を鳴らし、コレットのことをほめそやす。彼女はそんな声に苦笑いを浮かべながら道の端でへたり込んでしまっているノアに手を差し出した。

「ごめんなさい。身体が勝手に動いてしまって……。大丈夫ですか？」

コレット的にはこれ以上ないぐらいに可愛い笑みを浮かべたつもりなのだが、青ざめたノアは彼女の手を無視し、涙目のまま逃げていってしまった。

「ははは っ!!　コレット最高！　お腹痛い!!」

「もー！　ティフォン、そんなに笑わなくてもいいでしょう？」

身体をくの字にして笑う少年に声を荒らげながら、コレットは錆びかけの鍬を思いっきり土に突き刺した。そして、腰に手を当てて苦い顔をする。

ノアに半泣きで逃げられた翌日、彼女は朝から救済院の脇にある、だだっ広い土地を耕していた。

隣で切り株に座り爆笑しているのは、可愛らしい少年である。

「だって、それ何回目!?　男の人と会うたびにいっつもそんな感じじゃん！　もしかしたら本当に不幸のオーラが出ているんじゃない？」

「そんなわけないでしょ！　……次は絶対に大丈夫なんだから……」

「ボクは次も無理だと思うなぁ」

満面の笑みを浮かべながら、ティフォンと呼ばれた少年は楽しそうに足をばたつかせる。

そう、コレットは過去にノアの他にも何回か男性とデートをしたことがある。しかし、そのたびに何らかの事件に巻き込まれ、戦姫だった一端を彼らに覗かせてしまうのだ。そして、その一端を垣間見た男性達は皆怯えたようにコレットのもとを去っていくのである。今まで会った数人の男性の中で、二回目のデートにこぎつけた人は誰一人としていない。

「次は絶対に変なことしない！　大丈夫！」

彼女がそう胸に拳を掲げれば、ティフォンはその隣で呆れたような表情になる。

「コレットは困っている人を放っておけるような性格じゃないんだから無理だって。それより、コレットが戦姫だって知っている人の方がいいんじゃないの？」

「そんな人、いるわけがないでしょ……」

コレットは視線を逸らしながら長い息を吐いた。〝戦姫〟という二つ名が、〝化け物女〟の代名詞になりつつある今日この頃だ。そんな奇特な人がいるとは到底思えない。

気分を変えるように短く息を吐くと、コレットは鍬をもう一度握り直し、黙々と畑を耕していく。戦争での報奨金で得たこの土地に安定して作物が実るようになれば、救済院にいる子ども達はもう少しいい暮らしができるようになるはずだ。

そうして、全体の三分の一ぐらいの面積を耕し、見える限りの雑草と小石を取り除いた後、彼女は背中を鳴らしながら立ち上がった。

「やぁっと、今日の分は終わったね！　よっし、あとは着替えて食堂に行かないと！」

次の仕事が待っているコレットは、スカートの土を払ってから、農機具やバケツを片付けていく。その後ろをティフォンは手伝うこともなくのんびりとついて歩く。

「そーいえばさ。素敵な旦那様って、具体的にどんな人が良いの？　コレットみたいに鍛え上げた奥さん貰ってくれる人って、もう肉屋のハリドさんみたいな身体つきの人しか考えられないんだけど……」

その瞬間、コレットの脳裏にハリドの逆三角の肉体が浮かぶ。店の前を通るたびに上腕二頭筋を見せつけてくる彼は、もはや肉を売りたいのか、筋肉を見せつけたいのかよくわからない。

「や、やめてよ!! 別に私より腕っ節が強い人じゃなくても良いし！ そもそも、結婚した後だって、戦姫なんて呼ばれていた過去は隠すし!!」

「結婚した後も隠すんだ。……じゃあ、どんな人がいいのさ？」

ティフォンのつぶらな瞳に、コレットは目尻を赤くしたまま視線を逸らす。

「そ、そりゃあ、理想としては、白馬に乗った王子様的な……」

「コレット夢見すぎー！ そもそも、その体質なんだから、絶対に無理じゃん！」

言い切る前にそう大笑いされて、コレットは赤い顔のまま膨れ上がった。

「う、うるさいわね！ 別にどんな人でも良いのよ！ 優しくて、私のことを一番に好きになってくれるような素敵な人なら！ そういう人となら家族になっても楽しいでしょう？」

「噂よりずいぶん可愛らしいけど、……君がコレット・ミュエールかな？」

怒鳴った直後、救済院へと続く道から涼やかな声が聞こえた。コレットが声のした方に顔を向けると、そこには黒い馬と茶色い馬に跨った二人の男性がいる。先行する黒い馬に跨った男性は機嫌が良さそうな笑みを顔に張り付けているが、後ろに控える茶色い馬に跨った男性は、眼鏡をしているにもかかわらず一目で渋面だとわかるような表情をしていた。

（あの黒い馬に乗った人って……どこかで見覚えが……）

優雅(ゆうが)に馬を歩かせこちらに進んでくる彼は、どこか気品に溢(あふ)れている。着ているものも一目で高級なものだとわかるし、腰に差している剣(けん)だって上物だ。そんな貴族然としている彼と面識があるはずもないのに、彼の顔はコレットの記憶(きおく)の糸にどこか引っかかる。

（まぁ、こんな明らかに貴族様って感じの人と知り合いなわけないし、気のせいよね？）

コレットはいきなり現れた男達に向かって胡乱(うろん)気な顔を上げた。

「えっと、……どなたですか？」

「俺は、ヴィクトル・ジェライド・プロスロク。突然(とつぜん)だが、君に結婚を申し込みに来た」

「……はぁああぁ!?」

コレット・ミュエール十八歳。

白馬ではなく、黒馬に乗った王子様に求婚(プロポーズ)されました。

「一応、婚礼用の黒馬車は持ってきたんだが、この細道に入ることができなかったから近くに置いてきたんだ。すまない」

そう言いながら、ヴィクトルと名乗った彼は、軽(かろ)やかに馬から飛び下りた。それに倣(なら)うようにして、彼の配下であろう男も渋々(しぶしぶ)といった感じで馬から下りる。

ヴィクトルはコレットの前に立つと、まるで精巧(せいこう)に作られた美しい人形のような笑顔(えがお)を向けた。絹糸のような黒い髪(かみ)の毛に、闇(やみ)の中で光るようなサファイアの瞳。身長もすらりと高いのに、身体の方はほどよく引き締まっている。その彫刻のような見た目は綺麗を超えてどこか恐ろしく、それでいて、搦め捕られるような妖艶さを含んでいた。

しかし、美醜に対してほとんど興味のないコレットは、そんな端整な造りの顔を前にしても、顔色を一切変えることはなかった。

ただただ、目の前の男と、先ほどの言葉の意味をはかりかねて絶句しているだけだった。

たっぷり三十秒は固まっただろうか、呆けるコレットの前に不機嫌な顔の従者が歩み寄る。

そして、手元の書類に目を落とした。

「それでは、コレットさんには一両日中に城へと赴いてもらい、誓約書を交わした後、後宮へ入っていただくことになります。後宮と言っても、ヴィクトル様の側室はまだコレット様お一人だけですので、お部屋を用意しているだけになりますが、その辺はご了承……」

「え、ちょ、ちょっと待って！　事態がよく飲み込めないんですけど!!」

真面目くさった男の言葉を遮り、コレットは血色の悪くなった顔を片手で覆った。

そんな彼女の様子に、従者の彼は眼鏡を手で押し上げながら不機嫌そうな声を出す。

「ですから、ヴィクトル様の側室になる手続きを……」

「いや、いや、いや!!　なんでそうなるんですか!?　しかも、決定事項みたいな雰囲気出すのやめて欲しいんですけど！」

ようやく思考が動き出したのか、コレットは一気にそうまくし立てた。そんな彼女の迫力に最初は驚いたようなラビだったが、次第に顔を真っ赤に染め上げ、怒りの表情を露わにした。

「ま、まさか、後宮に入れられるのが気にくわないと!?　平民の分際でありながら！　貴女は正室を希望するんですか!?」

「いや、側室って、体の良い愛人のことでしょう!?　普通に嫌なんですけど！　というか、『平民の分際で』とか酷くないですか!?　貴族の家に生まれたってだけで、平民より偉いつもりなんですか!?　そっちの方がよほど頭が悪い考え方だわ！」

「う……」

さすがに失言を理解したのか、男はコレットを前に押し黙った。そんな彼を後ろに引かせて、今度はヴィクトルがコレットの前に立つ。

急に近づいてきた彼との距離にコレットは身を引いた。その表情は明らかに引きつっている。

「すまない。ラビは俺のことになると熱くなってしまうんだ。先ほどの言葉は確かに失言だったな。主として謝ろう。悪かった」

「ヴィクトル様!?」

「い、いや、そういうのはいいんで、ちょっと離れてもらえますか？」

「はぁあぁあぁ!?」

ヴィクトルが頭を下げれば青くなり、コレットが離れろと言えば赤くなって怒る。ラビは大忙しだ。歯をむき出しにしながら、彼はコレットに対して怒りの表情を向けていた。

そんな彼を後目にヴィクトルはコレットに一歩近づいた。その表情はとても楽しそうである。

「で、君は正室になりたいのかな?」

「いや、だから近い……」

「それとも、ちゃんとしたプロポーズをした方が良かった?」

「プロポーズ云々よりも、近づかないでって……」

ヴィクトルが一歩近づけば、コレットは一歩下がる。

そうして、とうとう一本の木を背にコレットは追い詰められてしまった。

「さっきから思っていたんだけど、どうして君は逃げるのかな?」

「や、だって、痒くなりそうだし……」

「痒く?」

コレットの呟いた一言に、ヴィクトルは不思議そうな顔をしながら首を傾けた。

彼女はその隙に木の陰に隠れる。そして、木の陰から少し青くなった顔を覗かせた。

「というか……アナタ何者? どこかでお会いしたことありました? なんかどっかで見たことがある気はするんですけど……」

その瞬間、ヴィクトルの後ろでラビが凍り付いた。ティフォンはまた足をぱたつかせながら笑っている。どうやら彼はヴィクトルが何者なのかわかっているようだった。

ヴィクトルは一瞬、目を見張った後「ほぉ」と楽しそうに唇を歪める。

「そうだな、ちゃんと名乗っていなかったな。名前を言っただけで通じると思っていた、俺の考えが甘かった」

そう言いながら、彼はなんとも優雅な仕草で片膝をついた。

そして、女性ならば誰もが夢見るだろう、甘ったるい微笑を浮かべる。

「俺の名は、ヴィクトル・ジェライド・プロスロク。このプロスロク王国の第二王子にして、今は国の外交を取り仕切らせてもらっている」

「……………おうじ？」

良く通る低い声にコレットはきょとんと首を傾げた。頭の隅に引っかかっていた記憶の糸を手繰り寄せていく。

騎士団にいた頃、彼の噂はよく聞いていた。

誰よりも優秀で、武芸にも政にも秀でた第二王子、と。その優秀さは誰もが舌を巻くほどだったが、ある理由から彼は次期国王の候補にも挙がらなかったらしい。

コレットも遠くから彼の姿を見たことがあるが、まさかその彼がこうやってコレットにわざわざ会いに来るだなんて思ってもみなかった。しかも、会いに来た理由が理由である。

驚き、絶句する彼女を後目に、ヴィクトルは完璧な笑みを浮かべている。

「今日は君に結婚を申し込みに来た。どうか、俺と結婚してくれないだろうか」

ヴィクトルは木の陰に隠れているコレットの手を取る。瞬間、彼女は青い顔をしてヴィクトルの手から自身の手を抜き取った。頬を引きつらせながら、先ほど彼が触れた部分を掻き出す。

「あぁっ！　蕁麻疹出てきた!!」

その反応はさすがに予想していなかったのか、先ほどまで隙のない笑顔を見せていたヴィクトルも、呆けた顔をして固まってしまっている。

「ごめんなさい！　私、金属アレルギーならぬ、金持ちアレルギーなの！　話すだけならまだできるけど、触るのは無理！」

「…………」

コレットは絶句するヴィクトルから数歩後退した。そして、くるりと踵を返す。

「そういうことなので、失礼します！　このままだと仕事に遅れてしまうので!!」

そんな台詞を残して、コレットは一気に駆け出した。

ティフォンも跳ねるように走りながら、彼女の後を追っていく。

二人の背中が見えなくなるまで、ヴィクトルとラビは目を瞬かせたまま動けなくなってしまっていた。


自国の第二王子からプロポーズを受けるという、前代未聞の事件があったその日の夕方。コ

レットは働いている食堂から貰ったパンを胸に抱え、足取り軽く救済院に向かって歩いていた。

先ほどまで見事なお盆捌きを繰り広げ、座ることなく何時間も給仕をしていたというのに、その顔には疲れなんて感じさせないほどの笑みが浮かんでいる。

コレットの足下には、彼女を迎えに来たのかティフォンの姿がある。

「ふふふ、皆喜ぶだろうなぁ。久々に柔らかいパンが食べられるんだもの！　二斤もくれるなんて、ほんとヤンさん太っ腹！」

ヤンというのは、コレットが働いている食堂の店主である。気の良い彼は、給料とは別にこうやってコレットに度々お土産をくれるのだ。

救済院で食べるパンは基本的に保存の利く固いものばかりだ。そのままでは歯が通らないので、いつもはそれをスープに浸して食べている。

なので、今回のお土産は本当に嬉しいものだった。

コレットが今にも走り出しそうな気分で歩いていると、足下にいるティフォンがそんな彼女の陽気を降下させるようなことを口にした。

「そんなに柔らかいパンが好きなら、あの王子様と結婚すれば良いのに！　そしたらきっと、毎日食べられるよ！」

「あのねぇ。私は、救済院の皆が食べて美味しそうにしてくれるのが嬉しいの！　そりゃ私だって食べたくないってわけじゃないけどね。……というか、あの話は断ったんだから、蒸し返さないでよ」

心なしか緩んだ歩調に、彼はコレットの周りをくるくると回りながら弾んだ声を出す。

「あれ？　断ったんだっけ？　逃げてきただけじゃなかった？」

「どっちにしたって一緒じゃない。それに、ああいうお金持ちの貴族様って感じの人、あんまり好きじゃないの。知っているでしょう？」

「今朝は王子様と結婚したいって言っていたのにぃ！」

「あれは、物語の王子様!!　本物なんて、絶対無理!!」

柳眉を逆立てながらコレットはそう言う。

コレットが貴族を苦手とするのにはわけがある。

昔、貴族の子ども達に面白半分で救済院が焼かれそうになったのだ。彼ら的には単なる火遊びのつもりだったのかもしれないが、コレット達には一大事だった。

幸いにも駆けつけてくれた人達が消火に尽力してくれて小火程度ですんだのだが、その貴族の親からは『救済院なのだから』という理由で、なんの謝罪も賠償もなかった。

それ以来、コレットは貴族や上流階級と呼ばれる人達にあまり良い印象を持っていない。

救済院を焼かれそうになったこともそうだが、一番はなんの謝罪もなかったことに腹が立っていた。

彼らにとっては、自分達などどうでも良い存在なのだと、その想いに一番腹が立っていた。

それから貴族嫌いになり、金持ち嫌いになり、最後には金持ちアレルギーになっていた。

騎士団に入ってからは貴族でもいい人がいるのだと知り、だんだん偏見はなくなっていったが、それでも苦手なものは苦手である。

ちなみに、偏見はなくなったが、金持ちアレルギーだけはどうしても治らない。

「あのラビって人も『平民の分際で』とか言っちゃってさ！　貴族の何が偉いのよ！　ただ生まれた場所がよかったってだけでしょう？　人間、それからの努力が物を言うのよ！　あのヴィクトルって人も表面上は謝っていたけど、もしかしたら同じように思っているかもしれないし！」

「そーかなぁ」

「もし、そうじゃなくても、私は愛人なんてまっぴらごめんよ！　そもそも、触れない人と結婚なんてできないでしょ？」

この話は終わりとばかりにそう言い切って、コレットは軽く息をついた。

気がつけば、救済院まで戻ってきていて、日もだいぶ落ちてしまっている。

コレットは胸に抱えたパンを抱きしめながら、救済院の扉を開けた。

「ただいまー！」

「おかえりなさーい！　コレットおねぇちゃん！」

「コレット姉！　今日のお土産はなぁに？　わっ！　パンだー!!」

「その前に『お帰りなさい』でしょう？」

「お帰りなさい！」

「はい、ただいま！」

弾けるような声に迎えられ、コレットは相好を崩す。やはり働いた後の、この瞬間はたまらない。いつだって無邪気に、元気よく、彼らはコレットを迎えてくれるのだ。

「ティフォンもお帰り！」

「おかえりなさい！」

「うん！　ただいま！」

ティフォンもそんな子ども達にニコニコとした笑顔を見せている。

しかし――……

あれ、とコレットは首を捻る。今日はなんだかお迎えの人数が足りない。いつもなら五人は足下にまとわりついてくるのに今日は二人だけだ。

「ヘディ、今日はソフィーはどうしたの？　体調でも崩した？」

いつも迎えに来てくれる妹分のことを聞けば、ヘディは歯を見せてにかりと笑った。

「ソフィーはヴィクの膝の上！　アイツの頭の中、今お花畑だぜ！」

「ヴィク？」

コレットが聞き返すと、急に聞き慣れない声が耳朶を打った。

「あぁ、コレットお帰り。遅いんだね。邪魔をしているよ」

その声にコレットは恐る恐る顔を上げる。

そこには、ソフィーを抱き上げながら、こちらに向かってにこりと微笑む美形がいた。

今朝見たばかりの美形だ。——……ヴィクトルである。

「なんで、アンタがここにいるのよ……」

あまりにも驚きすぎて、敬語を忘れてしまう。ついでに王子を『アンタ』呼ばわりだ。

そんなコレットにもヴィクトルはにっこり笑って、綺麗な低音を響かせた。

「いや、まだプロポーズの返事を聞いていないと思ってね。待っていたんだよ」

予想外の言葉に、コレットは口を開けたまま、動けなくなってしまった。


「これ、一体どういうこと……」

部屋に入ると、そこは別世界だった。

いや、別世界ではない。皆が座れるようにと何度も継ぎ足された長椅子も、壊れかけのテーブルも、欠けた食器も、そのまま。壁の染みだって見覚えのあるものばかりだ。

しかし、テーブルに置いてある料理にコレットは息を吞んだ。

ごろごろと大きなお肉の入ったビーフシチューに、シャッキシャキのサラダ。大きな魚のトマト煮に、鮮やかな彩りのテリーヌ。

その他にも思わず生唾を飲んでしまいそうな料理が、所狭しとテーブルの上に並んでいた。

そして、コレットが先ほど持って帰ってきたパンがその食卓の上に並べられる。並べたのはティフォンを含む数人の子ども達だ。

「君が遅いからついつい作りすぎてしまってね」

「これ、アンタ……じゃなくって、貴方が、作ったんですか？」

「アンタで大丈夫だよ。ヴィクトルとか、ヴィクでも構わないけどね。それと、敬語も気にしなくて良い。話しやすいように話して」

笑みを零しながらヴィクトルはそう言う。

コレットは読めない笑顔を見せる彼に一つ息を吐き、頭を掻いた。

「じゃ、改めて。これ貴方が作ったの？」

さすがに『アンタ』と言うのははばかられたらしく、『アンタ』を『貴方』に言い換えて、コレットは言葉を砕いた。ヴィクトルはそんなコレットの様子に満足げに頷く。

「そうだよ。考え事をするのに料理は最適だから、自然と身についてしまってね。暇つぶしに作らせてもらったんだ。味についても、食べられないほど酷い味ではないと思うよ」

ヴィクトルの後ろで子ども達が「味見したけど、美味しかった！」と元気よく答える。

彼の腕の中にいるソフィーは「あーん、してもらっちゃったの！」と頬を染めていた。

そんな彼女の頭を撫で、彼は砂糖菓子のような甘ったるい声を出す。

「君たちが買い出しに行ってくれたおかげで良いものが作れたよ。ありがとう」

「ううん！　お使いとっても楽しかった!!」

彼の胸板に頬を擦りつけながら、ソフィーが甘える。その顔はどこからどう見ても恋する女の子そのものだ。よく見てみれば、周りの女の子達も同じような視線を彼に送っている。先ほどヘディがソフィーの頭の中をお花畑と表現したが、なるほど、言い得て妙である。

女の子達の甘ったるい視線をたどってヴィクトルの顔を見れば、彼はどこまでもさわやかな笑顔をコレットに向けた。その瞬間、後ろで黄色い声が上がる。

ずいぶん懐柔されてしまったらしい子ども達を眺めながら、コレットは「そう」とだけ、返事をした。

「……で、最初の疑問に戻るけど、なんで貴方がここにいるの？」

「だから、プロポーズの返事を聞くために、だよ。あのときのコレットは急いでいたみたいだから返事を聞けずじまいだったしね」

「プロポーズ!?」

ヴィクトルの言葉に子どもの一人がそう声を上げる。

それを聞いて、コレットはしまった、と頬を引きつらせた。

「プロポーズって、あのプロポーズ!?　結婚しましょうってヤツ!?」

「えっ！　ヴィクとコレットねぇちゃん結婚するの!?」

「結婚⁉　結婚⁉」

なにやら勝手に盛り上がりだした子ども達に、コレットは焦ったような声を出した。

「しない！　しない！　絶対にしない‼　なんで私がこんなヤツと‼」

「こんなヤツって酷いなぁ。君に触れたこの手はまだ燃えるように熱いのに……」

「きみにふれたて？」

「もえるようにあつい？」

彼の言葉にまた子ども達が反応をする。コレットは怒りと羞恥で頬を真っ赤に染め上げた。

「勝手にアンタが触ってきただけでしょうが！　勝手なこと言わないで！」

「コレットはそんなに俺たちの関係を隠したいんだね。わかった。君の言うとおり、俺たちの過ごした時間は、全部俺の勘違いだよ」

「だから、変なこと言わないで！　みんな！　コイツの言っていることは全部嘘だからね‼　騙されないで‼」

深窓の令嬢もかくやという儚げな顔を見せるヴィクトルと、般若の形相で彼の鼻先に指を突きつけるコレットを子ども達は何度か見比べる。

そして、全員揃ってヴィクトルへ駆け寄ると、コレットに向かって非難の声をぶつけた。

「コレットおねぇちゃん、ひどい！」

「ちゃんと責任取ってやれよな！　ヴィクがかわいそうだろ？」

「うぅ……、ヴィクが幸せなら、わたし……わたし……」

「けっこーん！」

「ちょ、ちょっと、アンタ達……」

いつもは可愛いはずの子ども達が全員ヴィクトルについてしまうという異常事態にコレットの声は上ずる。信じられないといった顔でヴィクトルを見れば、彼はコレットにしかわからないように、にっこりと微笑んでいた。

（あ、こいつ絶対性格悪い……）

思わず青筋が立つコレットである。ヴィクトルはコレットに向けていた笑顔を今にも散りそうな儚げな表情に変え、子ども達の頭をそっと撫でた。

「俺はコレットと結婚する気だったけれど、彼女の気持ちを一番に考えたいから今回は諦めるね。もうここへ来ることはないかもしれないけれど、君たちも元気で……」

目の縁に涙を光らせてそう言うヴィクトルに、子ども達は彼に追いすがるように抱きついた。

「まってよ、ヴィク！　来なくなるなんて嫌だ!!」

「僕たちが協力してあげるから、そんなこと言わないで！」

「わたしもヴィクのためなら、協力する！」

「コレットおねぇちゃんとの仲を取り持てば良いんだね！」

「ちょ、ちょっと!!」

「ありがとう」

焦るコレットに、微笑むヴィクトル。救済院は完全に彼の手中に収まってしまっていた。

ヴィクトルは先ほどの涙なんて全く感じさせない笑顔を子ども達に向ける。

「とりあえず、コレットと二人っきりにさせてもらえるかな？」

「おっけー！」

「二階におねぇちゃんの部屋があるよ！」

「頑張ってヴィク！　絶対に邪魔はしないから！」

「けっこーん！」

口々にヴィクトルの背中を押すような声が、子ども達から飛び出る。そのことにコレットは口を開けたまま動けなくなってしまう。

（う、うちが……落城した……）

城ではなく、救済院なのだが。気持ちは落城した城の主と同じ気持ちだ。隣国の貴族の城をいくつも攻め落とした経験があるコレットにとって、それは初めての敗北に近かった。

「ありがとう。君たちは先にご飯を食べていて。ちゃんとシスターの言うことを聞くんだよ？」

「はーい！」

良い返事をしながら、全員が同じタイミングで手を上げる。

「それでは、君たちの大事なお姉さんを借りていくね。行こう、コレット」

「い、いやよ！　なんで――っ！」

「手を引いても良いんだよ？」

目の前で笑顔のまま手をわきわきと動かされる。もうそれだけでコレットは目眩がしそうになった。

「やだやだやだ！　触らないで！　痒くなるんだって!!」

「ほら、コレット」

「ひっ！」

引きつった悲鳴を上げ、コレットは壁際まで追い詰められる。細められたサファイアはどこまでも楽しそうだ。

「行かないとこのまま抱きしめちゃうよ？」

耳元で囁かれた声に全身の毛が逆立つ。低くて甘ったるい声は蠱惑的なのに、内容が完全に脅しだ。コレットは慌てて階段を駆け上った。

「す、少しだけだからね！　早く来なさいよ!!」

「ふふ、こんな情熱的に部屋に誘われたのは初めてだね。今日は熱い夜になりそうだ」

コレットをからかうような言葉に、子ども達の頬はあっという間に真っ赤に染まった。中には当然意味がわかっていない子もいるが、年頃の子ども達はみんな同じように頬を染めて、コレットとヴィクトルを交互に見ている。

コレットは相手が王子だということを忘れて声を荒らげた。

「変なこと言ってないで、さっさと来なさい！　この腹黒男が!!」

その怒声はまるで建物を揺らすかのようだった。


「で、なに？」

コレットは机とベッドだけが置いてある小さな自室の隅で、低くそう唸った。

腕は組まれていて、その視線はまさしく彼を警戒している。

ヴィクトルは後ろ手に扉を閉めると、まるで降参を示すかのように両手を上げた。

「そんなに警戒しなくても大丈夫だよ。そもそも、戦姫と呼ばれた君に俺が勝てるわけがないだろう？　俺はただ、君と仕事の話がしたいだけだ」

コレットは少しだけ警戒を解きながら、先ほど聞いた言葉を怪訝な顔で反芻した。

「しごと？」

「そう、仕事。君が俺の立場とか容姿に靡かないのはよくわかった。だから仕事だ」

先ほどとは打って変わって真剣みを増した声に、コレットも少しだけ背筋を伸ばす。

「俺と結婚してくれないか？　そうすれば、この救済院に国から援助ができないか掛け合ってみよう。もし掛け合って無理だったとしても、毎月、俺自身がいくらか寄付をするつもりでいる。それだけでも生活が良くなるはずだ」

「それは……」

甘美な提案にコレットは思わず息を呑む。

そんな彼女にたたみかけるかのように、ヴィクトルは言葉を続けた。

「君の噂は聞いているよ。十二歳のときに騎士団に入ったのも、経営が立ちゆかなくなりそうな救済院のためだったらしいね。今回の件はそれより簡単だとは思わないかい？」

最後に優しい笑みを向けられて、コレットはそのまま黙ってしまう。

コレットが騎士団に入ったのは十二歳になったばかりの頃だった。十二歳になって、なぜか使えるようになってしまった不思議な力のせいで、彼女は騎士団にスカウトされたのだ。

当初、コレットは騎士団に行くのを嫌がっていた。コレットは元々おてんばではあったが、諍いごとは好きではなく、どちらかといえば平和主義者。いじめられた子どもを助けるために喧嘩したことはあっても、好きで喧嘩をしたことなどなかったからだ。

しかし、当時の救済院の経営状態はあまり良いとはいえないものだった。冬になり、畑の作物が穫れなくなると、食べるものも満足にない状態になることもままあった。

だから、コレットは騎士団に行くことを決めたのだ。騎士団に行けば支度金も救済院に入る上に、お給料だって毎月送ることができる。そう思ったからだ。

それに、スカウトとは名ばかりで、騎士団に入るよう脅してきた彼らが、救済院に何かしてしまうのではないかと怖かったこともある。

シスターや子ども達は散々反対したが、もう心の決まっていたコレットは皆が眠っている夜中に救済院から飛び出して、そのまま騎士団に入団したのだ。

「……どうして、私なの？」

慎重に言葉を選ぶようにそう聞けば、彼はニコリと微笑んでコレットに一歩歩み寄った。

「それは君が《神の加護》を持っているからかな？」

コレットはその答えに目を細めた。

《神の加護》

それは、大昔このシゴーニュ大陸を創った神が、人の長に分け与えたとされる力のことだ。その力で人々は森を切り開き、畑を耕し、雨を呼び、作物を実らせ、火をおこし、国を造り、文明を創った。――……と聖典には記されている。

本当にそんな神がいるのか。

本当にこの大きな大陸が、聖典の中にあるような奇跡の力でできたのか。

実際にそれを知る術はない。

今生きている人間に神と対話した者もいなければ、聖典だって、国教であるボヌール教だって、国ができてから作られたものだからだ。

しかし、シゴーニュ大陸の人々が《神の加護》と呼ぶそれは、実際に存在する。

大陸を分けている三つの大国、その王家に、今もなお脈々と力は受け継がれている。

《神の加護》は様々な形で現れ、ある者は火をおこし、ある者は雨を降らせ、ある者は風を操ることができたという。

プロスロク王家でもそれは例外ではなく、全員ではないが、何人かに一人の確率で《神の加護》が顕現する。そして、王位を継ぐのは《神の加護》を持つ王子が相応しいとされていた。

現国王には、腹違いだが三人の王子がいる。上からアルベール、ヴィクトル、ルトラスだ。

その中で唯一《神の加護》が顕現しなかったのは、真ん中のヴィクトルだけだった。

「面白いよね。王族である俺が《神の加護》を持ち合わせてなくて、王族でも何でもない君が持っているんだから。《神の加護》を顕現させている君を見つけたとき、城の中は結構大変だったみたいだよ？　王が誰かに産ませた子なんじゃないかって噂になったみたいでね。でもまぁ、調べてみたらそれも違ったみたいだけど」

少しの悲愴感も見せずに、彼はそう言って微笑んだ。

「別に王位に興味はないし、《神の加護》だってないならないでそれでいいかなぁとも思っていたんだけど、君を味方につけておけば政でもそれなりに優位に事が運べるんじゃないかと思ってね。こういう生まれと育ちだから、身内に敵も多いんだ」

「それで、仕事で結婚して欲しいってこと？」

「そういうこと。どうかな？　もちろん、君の力を俺のために使ってほしいと言うつもりはないし、君が嫌がることは何もしないよ。君は公的な場で俺の隣にいてくれればいい。それも俺が正式に誰かを娶るまでの間だけだ。それ以外の時間は自由にしてくれて構わないし、なんならこの救済院でこれまで通りに生活してくれて構わないよ」

どうかな、と首を傾げられて、コレットは長い息を吐いた。

そして、組んでいた腕を解くと、ヴィクトルの前に背筋を伸ばして立つ。

「嫌。貴方とは絶対に結婚しない。仕事だっていうんなら、なおさらお断りします」

コレットは先ほどまでの冷静な顔を収めると、いきなり感情を爆発させる。

「大体、結婚は好きな人とって決めているの！　今は好きじゃなくても、好きになれそうな人と一緒になりたい！　なので、アンタは論外!!　それに、救済院を引き合いに出すその根性が気に入らないわ!!」

部屋の外まで響いてしまうような声だが、気炎を上げはじめたコレットは止まらない。

「救済院は私の家で、子どもたちは家族よ！　皆もそう思ってくれているはずだし、私はそのことに甘えているの！　私は救済院のせいで不幸になるつもりはないわ！　騎士団に入ったときの頃は仕方がなかった。でも今は、皆笑顔で暮らせている！　アンタなんかにお金を出してもらわなくても、私が一生懸命稼いで皆を幸せにしてあげるんだから、余計な茶々は入れなくて結構!!」

その気炎を上げたまま、彼女は足を踏みならす。踵から踏み込んだ足は、薄い木の床を破ってしまいそうなほどだった。

「それだけ！　終わり!!」

そう言い切って、コレットはそっぽを向いた。

ヴィクトルは少し驚いた顔をしてその光景を眺めていたが、やがておかしそうに肩を揺らして笑い出す。

コレットは笑われたことが気に入らないのか、口をすぼめて、拗ねるような声を出した。

「なによ。結婚とか、ほんと無理だからね」

「なんでもないよ。そうか、君の気持ちはよくわかった」

笑みを零しながら何度も頷く彼を、コレットは怪訝な顔で見つめる。

ヴィクトルは彼女に笑顔を向けてから踵を返した。そして、ドアノブに手をかける。

「帰るよ。今日はとても楽しかった、ありがとう。食事は君の分もちゃんと作っているから、温め直して食べてね」

あっけないほどの幕引きに、今度はコレットの方が困惑してしまう。てっきり、もっと色々な方法で結婚を迫られると思っていたからだ。

そんな心中を探られまいと、コレットはふいっと顔を背けた。

「私の分は残ってないわよ」

「残っているよ。あの子たちは優しい子ばかりだから、君の分と分けているものに手は出さないだろう」

わかったような口をきいて――……

そうは思ったが、彼が子ども達と仲良くしていたのは事実だ。コレットほどではないが、子ども達だって貴族やお金持ちにそれなりの引け目を感じているところがある。なのに、この王子様はいとも簡単に子ども達と仲良くなったのだ。

それは、ただ彼が腹黒いだけの男ではないことの証明のような気がした。

「それじゃあね。本当に楽しかったよ」

そう言って、彼は部屋から出て行く。しばらくして、「ヴィク、もう帰っちゃうのー？」と言う子ども達の残念そうな声と、玄関が閉まる音が聞こえてきた。

ヴィクトルが部屋から出て行って五分後、コレットもようやく一階に下りた。

そこでは楽しそうな顔で食事をする子ども達の顔がある。神の聖誕祭でも、収穫祭でもないのに、彼らは普段食べられないごちそうを前に、はしゃいでいるようだった。

「おねぇちゃんも食べよう！」

「とっても美味しいよ!!」

姉貴分が下りてきたと気付いた子ども達は両手を引いて、彼女を席につかせる。

コレットの席には彼女分の食事と、『これはコレットの分だから、食べちゃダメだよ』というヴィクトルのメモ書きが残されていた。

「優しいやつなのよね。多分……」

「いい人ね、ヴィクトルさん。コレットちゃんのお知り合いなんでしょう？」

呟きに被せるように、後ろからかけられた優しい声に振り向けば、そこにはおっとりと目を細めるシスターがいた。彼女は真っ白な髪を修道服の頭巾の中に隠し、目尻の皺を深くしながら、コレットに微笑んだ。

「ヴィクトルさん、今月から毎月、この救済院に寄付をしてくださるんですって。本当に、心の広い方よね」

「え？ ……なんで？ いつ？」

その話はコレットが結婚を突っぱねたことで消えたはずだ。なのに、なぜシスターがその話を知っているのだろうか。

コレットが恐る恐るそう聞けば、シスターは本当に驚くようなことを言った。

「今朝ね。ヴィクトルさん、お付きの方と一緒にここを訪れて、コレットちゃんの行方を聞いてきたのよ。そのときに……」

聞けば、コレットに会う前に、彼はここへの寄付をもう決めていたというのだ。しかも、帰る間際もそのことは忘れておらず。『今月分はすぐに送らせますね』と笑っていたという。

「うふふ。本当に奇特な方ね。お金持ちが苦手なコレットちゃんとも仲良くしているみたいだから、本当にいい人なのよね。どこの方なのかしら」

コレットちゃんは知っている？　と言うように首を傾げられたが、彼女の心中はそれどころではなかった。嘘をつかれた腹立たしさや、良くしてくれたのに怒鳴ってしまった罪悪感。単純に感謝と、彼に対するわずかな興味。いろんな感情がせめぎ合って、コレットは気がついたら勢いよく立ち上がってしまっていた。そして、声を張る。

「私、ヴィクトル送ってくる！」

「え、おねぇちゃん？」

「あんな優男が、夜道一人じゃ危ないでしょ？　家まで送るのよ！」

そう言ってコレットは、そのまま飛び出していった。


ヴィクトルは眼前に小さな城を見据えながら、のんびりと夜道を歩いていた。店も閉まり、街灯も整備されていない細い道は、先が見通せないほどの闇に包まれている。

彼は腰の剣を確かめると、さほど警戒することなく歩を進める。

「これなら馬を持って帰らせるんじゃなかったな。まぁ、置いておく場所もなかったし、仕方ないんだが……」

そう零しながら、ヴィクトルは馬と共に、城に帰したラビを思い出す。

救済院に残ると言ったヴィクトルに対して、彼は珍しく怒っていた。「あんな女、やめときましょう」や「どうして貴方が残る必要があるのですか！」と、怒りで赤かった顔が酸欠で青くなるまで怒鳴っていた。

結局、こうと決めたら梃子でも動かないヴィクトルに、渋々従うような形で帰ってくれたが、きっと、まだ今でも怒っていることだろう。

「ラビにも悪いことをしたな」

あれだけ怒らせておいて、結局のところ彼女には断られてしまったのだ。しかも、まだ追い詰める隙があったというのに、それも半ばで諦めてしまった。

でも、それで良かったのかもしれないと、ヴィクトルは思っていた。結局のところ、彼女に『王位を継げない第二王子の側室』なんて、利もなく面倒くさいだけの役目を押しつけなくてすんだのだ。あの温かい生活を壊さないでいられただけでも、万々歳とするべきだろう。

元々、立場固めとしての結婚だった。立ち消えたとしても、何も問題はない。

ヴィクトルはゆったりとした思考のまま空を見上げた。一面の星天井に月光が眩しい。

思わず感嘆の息を吐いたそのときだった。思いもかけない声が背中を叩く。

「ちょっと、アンタなにしてんのよ！」

その声に振り向けば、先ほどまで対峙していた太陽の瞳と目が合った。アプリコット色の髪の毛を靡かせて、彼女はずんずんと歩いてくる。

「仮にもアンタ王子様でしょうが！　なんで一人で帰っているのよ！　そもそも、あのラビって人は？」

「……先に帰らせたよ」

突然の登場に、ヴィクトルはかろうじてそう答えた。

彼女は腹立たしげに彼を睨みあげた後、少しだけ恥ずかしそうに顔を逸らす。

「んじゃ、行くわよ」

「……どこに？」

「帰るんでしょ！　送るって言っているの!!」

怒ったように言って、コレットはどんどん先に歩いて行ってしまう。

ヴィクトルは驚いた顔で目を瞬かせてから、そんな彼女を追いかけた。そうして、駆け足で追いつくと、彼女の顔を眺めた。その横顔は声色と同じようにどこか怒っているように見える。

（十中八九、あのプロポーズのことを怒っているんだろうな……）

冷静に分析をして、ヴィクトルは頬を掻いた。それでも送ると言ってくれている彼女の優しさに甘えるべきなのか、それとも断るべきなのかも冷静に考える。

そんな思考に浸っていたとき、彼女の拗ねるような声が耳を掠めた。

「……ありがとうね。救済院のこと……」

「救済院？」

あまりにも小さくて、ともすると聞こえていなかった声をヴィクトルは反芻する。そして「寄付のこと？」と聞き返した。コレットはその言葉に口をすぼめたまま一つ頷く。

「それでも！　アンタとは絶対に結婚しないから！　そこはよろしく！　……ただ、追い返すようなことをしたのは悪かったと思って。あと、食事のお礼も言ってなかったし……」

「俺がしたいからしただけだよ。君は気にしなくていい」

しゅんと小さくなった肩にそう声をかければ、彼女はそれだけで少し気分を持ち直したようだった。

なんというか、単純にできている。

本当に彼女がかつて『純白の戦姫』と呼ばれた救国の英雄なのだろうか。

ヴィクトルには隣を歩く彼女が普通の女性にしか見えないでいた。もしかしたら、あの英雄譚は大げさに伝わってしまっただけなのかもしれない。そんな風にさえ考えてしまう。

ヴィクトルの思考をかき消すように、コレットは彼に話しかけた。

「アンタはさ、好きな人と結婚しないわけ？　やっぱり王子様ってその辺窮屈なの？」

「……そうだね。側室は割と自由だけど、正室は立場が高くないとなれないかな。それに、政治的な理由もあるしね。自由結婚とはほど遠い世界かなー。……なに？　今からでも結婚する気になってくれた？　俺としてはとても嬉しい申し出だけれど」

「いーや！　絶対いや！　死んでもいや!!」

彼女の反応にヴィクトルは思わず噴き出した。

先ほどからずっと思っていたが、彼女は見た目よりも反応がずいぶんと子どもっぽい。畏まった貴族の令嬢ばかりを見てきたからか、コレットの反応はヴィクトルの瞳にとても新鮮に映った。

「結婚ってさ、その人と家族になるってことだから、好きじゃない人とは続かないと思うのよね。続いたとしても楽しくなさそうだし！　だから、ヴィクトルもさ、ちゃんと人を選んだ方が良いと思うわよ。……まぁ、選べないのかもしれないけどさ」

「……そうだね」

結婚に対して特に夢を見ていないヴィクトルは、コレットの言葉に苦笑いで頷いた。その様子をどう思ったのか、コレットはヴィクトルの前に立ちはだかる。そしてにっこりと笑ってみせた。

「じゃあ、私が祈っておいてあげるわよ！　ヴィクトルがいい人と結婚できますようにって！　たとえ相手は選べなくても、結婚しに来た相手がいい人だったらいいわけでしょう？」

「祈る……？」

「一応、救済院って教会の一部だからさ！　うちの教会、神様に良く声が届くって実はちょっと有名なのよ？　明日の朝は、ヴィクトルが幸せになれますようにって、祈ってあげるわ！」

その言葉にヴィクトルは思わず固まった。そして、ほとんど誰も見たことがないであろう気の抜けた顔で、コレットをまじまじと眺める。

(誰かにそんなことを言われたのは初めてだな……)

そこでヴィクトルは改めて彼女に興味を持った。

彼が思い出せる限り、誰かに自らの幸せを願われたのは初めてのことだった。彼の母は物心ついたときから権力の虜みたいな人間で、ヴィクトルのことを大切にはしてくれたが、彼をそのための道具としてしか見ていなかった。父は父である前に国王で、一際優秀であるヴィクトルやアルベールに目はかけてくれていたが、それだけである。

ヴィクトルを支えてくれている者達も彼が自分の理想に近い王子だから、支えてくれるし、良くしてくれるだけだ。

優秀な第二王子ではなく、ヴィクトルという一人の人間の幸せを願ってくれたのは彼女が初めてで、もしかしたら最後かもしれなかった。

コレットは彼の様子に気付かぬまま、困ったように笑いながら頬を掻いた。

「……というか、それぐらいしか、返せるものがないのよねー。うーん、あと、こうやって送るぐらい？　ごめんね。なにも持ってなくて」

「……いいや。ありがとう。本当に嬉しい」

眦を下げながらヴィクトルが笑ったそのときだ。地面を揺さぶるような爆発音が轟いた。木の陰に隠れていた小鳥達は一斉に飛び出し、空を覆う。

辺りを見渡すと、夜にもかかわらず煌々と光る場所があった。森の奥だ。

「火？」

「大変っ！　山火事になっちゃうっ！」

悲鳴を上げるようにそう言って、コレットは下唇を噛む。

「ティフォン!!」

コレットがここにいないはずの少年の名を叫んだ瞬間、まるで木々をなぎ倒すかのような突風が二人を襲った。その風は周りのものを舞い上げ、服をはためかせ、頬を張る。集まった風達はコレットの前に集約すると、一つの小さなつむじ風になった。

そして、そのつむじ風から一人の少年が現れた。

「はぁい！　皆の愛するティフォンちゃんだよ！」

可愛らしくポーズを決めながら登場した少年の姿に、ヴィクトルは驚いた顔で固まった。まるで説明を求めるかのようにコレットを見る。

「コレット、これは……？」

「えっ！　あっ、これは—……」

コレットは明らかにしまったというような表情をしながら、顔を強張らせた。

そんな彼女にヴィクトルは怪訝な声を響かせる。

「なんで、いきなり子どもが現れたんだ？　というか、この子は救済院の子じゃ……」

「えっと、なんて説明したらいいのかわかんないんだけど……」

「ボクはコレットの《神の加護》だよ！」

「《神の加護》!?」

ティフォンの暴露にコレットは頭を抱えた。

どうやら、その事実は彼女にとって隠したい事実だったらしい。

ヴィクトルは目を瞬かせ、何度もティフォンとコレットを交互に見ていた。

「これはどういうことなんだ？　君に関する報告や資料ではこんなこと……。それに今までの《神の加護》に人型をとるものなんてなかったはずだ」

「それは……」

「ねぇ、コレット。ゆっくり説明していてもいい感じなの？　結構、焦った声で呼ばれたような気がしたんだけど……」

ティフォンの声にコレットは我に返ったような表情になり、顔を上げた。

「そうだった！　ティフォン、あの火のところまで運んで！　森が焼けているのかも！　もしそうなら、早く消さないと大変なことになっちゃう！」

「あいあいさー！」

元気よく答えた後、ティフォンは手を打った。瞬間、二人の身体がふわりと浮き上がる。そ

れはまるで、下からものすごい風に吹き上げられているようだった。しかし不思議なことに、皮膚にはさほど風の勢いは感じない。

コレットは動きやすいように髪の毛を手早く一つに結び上げた。

「ティフォンのことについては後から説明する！　それでいい？」

「あぁ、それで頼むよ」

「……さぁ、もうすぐつくよー！」

僅か数秒の間に三人は目的の場所まで辿り着いていた。その速さはそれこそ風のようだ。

三人の眼前にあるのは燃える馬車だった。

幸いなのかなんなのか、森の方へ火は移っていない。

馬車の前方部ははじけ飛んでいて、その真下の地面には大穴が開いていた。それは、まるで何かが爆発したあとのよう。

「ひどい……」

その有様にコレットは小さくそう零した。

前方部にいただろう馬はもうすでに事切れていて、馬を操っていた御者は見る影もない。

馬車の近くには二人の女性が倒れていた。一人は十歳前後の銀髪の少女。もう一人はコレットより少しだけ年上の茶色い髪の女性。

コレットは近くにいた少女の方に駆け寄ると、彼女を軽く揺さぶった。

「ちょっと、大丈夫⁉　何があったの？　痛いところは？」

「う……」

女の子の目が薄く開く。赤紫色の瞳はコレットを映して小さく揺れた。

「……ポーラは……？」

掠れた声で言って、彼女は視線を巡らせる。

そして、ヴィクトルが支え起こしている女性を見て、「ポーラ！」と声を上げた。

「ヴィクトル、彼女の様子は⁉」

「問題ない。気を失っているだけだ。飛ばされたところが良かったのか、煙も吸っていない」

コレットの問いにヴィクトルは簡潔にそう答える。

そのやりとりを聞いて女の子は安心したように息をついた。

「よかった……」

「怖かったね。もう大丈夫だから。私が守ってあげる」

コレットは優しく彼女の額を撫でた。その温もりに彼女は頬を染める。

そうして、安心したのか再び気を失ってしまった。

銀髪の少女を抱き上げながら、コレットは焦ったような声を出す。

「二人とも大丈夫そうなのは良いんだけど。……どうしよう、ここら辺病院なんてないわよね？　救済院に来てもらっても良いんだけど、布団あるかな……」

「……二人の身は俺が預かろう」

「いいの？」

ヴィクトルからの思わぬ提案に、コレットの顔が跳ね上がる。

「あぁ。今から医者を探すより、うちの者に診てもらう方が早い。それに……」

「それに……？」

彼女の問いにヴィクトルは「いや……」と言葉を濁した。

切り換えるように顔を上げると、天を指さす。

「さっきので送ってくれると嬉しいんだが、四人はいけるのかな？」

「もちろん！」

「また、コレットったら、無茶するー」

コレットは意気揚々といった感じで胸を叩く。

ティフォンのため息混じりの言葉も彼女の耳には届いていないようだった。

コレットは三人を無事に城まで送り届け、長い、長い、一日を終えた。

王子様からのプロポーズで始まり、少女を救った、本当に長い一日だ。


しかし、物語はそこで終わりではなかった。

「コレット、結婚しよう」

「……なんで、アンタがここにいるのよ……」

なぜならその二日後、コレットはまたヴィクトルから求婚(プロポーズ)を受けたからだ。

第二章　任された仕事は前途多難!?

「コレット、結婚しよう」

「帰れ」

繰り返された言葉に、コレットは笑顔でそう答えた。箒を握るその手と額には、当然のごとく青筋が立っている。

空はこれ以上ないぐらいの晴天で、朝食を終えたばかりの子ども達と一緒にコレットは敷地内の掃除を始めるところだった。

手に薔薇の花束を持ったヴィクトルは、そんなとりつく島もないコレットに満面の笑みを向ける。

「結婚し……」

「か・え・れ!!」

ヴィクトルの言葉を遮って、コレットは吠える。その声が大きかったのか、散らばって掃除を始めようとしていた子ども達は二人の方へ集まってきた。そして、薔薇の花束を持つ美丈夫を見つけて、目を輝かせる。

「ヴィク!!」

「えー！　どうしたの？　どうしたの？　コレットおねぇちゃんに会いに来たの？」

「綺麗な薔薇の花束！　もしかして、もう一度プロポーズ!?」

足下に集まってきた子ども達を撫でて、ヴィクトルはその綺麗な顔を陰らせた。

「一度は断られてしまったんだけどね。どうしても彼女のことが忘れられなくて……」

「ヴィク、かわいそう……」

「そんなに、落ち込むなよ！　な？」

「ヴィクをこんなに悲しませるなんて、おねぇちゃん、酷い!!」

「あ、あんたたち……」

再び子ども達の心を掌握されて、コレットは狼狽えた。

目の前にはやはりニコニコと笑みを浮かべるヴィクトルがいる。

「実は、寝ても覚めても君のことが忘れられなくてね。もう一度来てしまったよ」

「嘘おっしゃい!!　あんなにあっさり諦めておいて、そんなわけないでしょうが!!」

「ん？　そういうことを言うってことは、もう少し追い詰めて欲しかったのかな？　コレットってば、見かけによらずそういうところがあるんだね。覚えておこう」

茶化すように言われて、コレットの顔が真っ赤に染まる。

「そんなわけないでしょうが!!　大体、あのとき納得してくれたじゃない！　どうして、今更

「……」

「そもそも俺は『君の気持ちはわかった』と言っただけで、『諦める』なんて一言も言ってないつもりだけど」

にっこりと言われて、コレットは固まった。確かに、彼は諦めるという雰囲気こそ出していたが、一言も『諦める』とは発していない。

その事実に気がついて、コレットは怒りで身を震わせた。

「ひ、卑怯よ！」

「卑怯、頭が良いってことだね。褒め言葉だ。ありがとう」

「褒めてないわよ!!　アンタがどんなに卑怯な手で来ようが、私は絶対頷かないからね！」

「じゃぁ、追い出す？　塩でも撒いてみるかい？」

「アンタに撒く塩がもったいないわ!!」

コレットは剣の代わりに箒を構える。その姿はとても堂に入っていたけれど、手に持っているものが箒ということで、どこか間抜けに映ってしまう。

ヴィクトルは突きつけられた箒を片手で避けると、そんな彼女に近づいて、鼻先に一枚の書面を突きつけた。

「コレット。俺、こんなものを見つけたんだけど……」

「げ……」

その書類を見た瞬間、コレットの顔色が変わる。

頬を引きつらせて、まるでおののくように一歩後ずさった。

「この話、今ここでしても良いけど。どうする？」

周りの子ども達を見回しながら、ヴィクトルがにっこりと笑う。

コレットは青い顔のまま身体を震わせると、子ども達に声をかけた。

「ちょ、ちょっと！　ヴィクトルと話したいことがあるから、皆は掃除に戻って！」

「えー、やだよー！」

「ヴィクともうちょっと話したいー！」

「ねぇ、ヴィク！　だっこー！」

まるで姉貴分の言うことを聞く気がない子ども達は、そう口々に言いながらヴィクトルの足下にまとわりつく。ヴィクトルはだっこを求めてきたソフィーを抱き上げ、声を出さずに口だけを動かした。

『ほら、もうちょっと恋人に言うみたいに！』

騎士団に所属していた頃、読唇術をこれでもかと叩き込まれていたコレットは、ヴィクトルの口パクを即座に理解し、怒りと羞恥で頬を真っ赤に染めあげた。

「ぐ……」

『できない？』

「う、うぅ……」

ヴィクトルがこれ見よがしに書類をぺらぺらとはためかす。

コレットはその脅しになんとか声を出した。

「ヴィ、ヴィクトルと二人っきりになりたいから、……皆ちょっと向こう行っていてもらえるかなぁ……」

恥ずかしそうに顔を逸らして、身を震わせる。その姿は恋する乙女そのものだ。

実際は頬を染めているのも、身体を小刻みに震わせているのも、怒りのせいなのだが……。

子ども達はそんな姉貴分の姿に「おぉ……」と一斉に声を上げる。

「コレットねぇちゃんにもようやく春が!?」

「ヴィク、良かったな!」

「あとでまた遊んでね!」

「ちゅーするのー?」

「しないわよ!!」

最後の子どもの問いにだけ、コレットは怒鳴るように答える。

そうして誰もいなくなったところで、ヴィクトルは微笑みながら拍手をした。

「うーん。ぎりぎり及第点! でも、とっても可愛かったよ」

「ふざけんじゃないわよ、アンタ……」

相手が王子様ということを忘れてコレットはドスのきいた声で言う。その声は地を這うように低かった。

「アンタ、私のこと脅す気？」

「脅しというよりは、交渉、かな」

ヴィクトルはコレットに見せつけていた紙を今度は自分の方へ向け、書類の内容を読み上げた。

「『私、コレット・ミュエールは、いかなる災難に見舞われようとも、国の決定なくして《神の加護》を使いません。以上のことを守れなかった場合、どんな罰だろうとお受けする覚悟があります』……うん。サインもちゃんと入っているね」

「あー……」

「おかしいと思ったんだ。君が《神の加護》を持っていることは王族からしたら秘密にしておきたい事柄だからね。だからこそ、力を顕現させた君を国は騎士団へと召し上げたんだ。現に今だって、君の力については箝口令が敷かれていて、一部の者しかその事実は知り得ない」

ヴィクトルは微笑みながら自分の唇に指先を当てた。

コレットはそんな彼から視線を逸らし、肩を落とす。

「本来なら殺してしまうのが一番手っ取り早い方法なのだろうけれど、《神の加護》を持つ君を殺すのがもったいなかったんだろうね。そもそも、戦姫と呼ばれるほどの君を殺せる人がいるかどうかも怪しいところだし。……それでまぁ、君が自由になっているということは、力を使わないようにと交わした誓約書があると思ったんだよ。そしたら案の定」

ヴィクトルの掲げた誓約書にコレットは青い顔になる。冷や汗が頬を伝った。

コレットは戦争の後、騎士団をやめ自由になることを望んだ。その功績を高く評価し、国王は彼女が騎士団を去ることを承諾。

しかし、その代わりとして、一枚の誓約書にサインをさせたのだった。

「完全に忘れていたわ……」

「だろうね」

コレットからすれば、サインをすれば辞めさせてやると言われたから書いたサインだ。今後《神の加護》を使う予定もなかったし、使ったとしてもバレてしまうことはないと、高を括っていたところもある。

「昨日のこと、完全にこの誓約書に違反しているね。それに、ティフォンのことだって勝手に顕現させていた上に、そもそもの報告を怠っていた」

「別に隠していたわけじゃ……」

ティフォンは確かにコレットの《神の加護》だが、彼はいつも自分の意思で行動していた。騎士団にいた頃、彼女が一人のときにしか姿を現さなかったことも、戦争が終わってから救済院の子どものようにふるまうようになったのも、全部彼の意思で、彼の選択だ。だからコレットには特別彼の存在を隠していたという意識はない。バレたらまずいかな、ぐらいは頭をよぎったが、それだけだ。

誓約書を懐にしまうヴィクトルを睨みつけながら、コレットは声色を硬くした。

「で、でも、結婚は……」

「わかっているよ。君は好きな人と結婚したいんだろう？　それなら、俺のことを知って、俺のことを好きになれば良い」

自信満々の台詞にコレットは思わず半眼になった。

「……無理でしょ」

「どうかな、やってみないとわからないよ？　……ということで、昨日のことを見逃すかわりに一つ仕事を受けてもらえないかな？」

「仕事？」

またも飛び出してきた『仕事』という響きに、コレットは思わず身構える。

「そう。その間に俺は、君に俺のことを知ってもらえるように努力する。どうかな？」

「ど、どんな仕事なの？」

「身体を使う仕事だよ。……君の身体を貸してくれないかい？」

ヴィクトルはコレットの身体を上から下までじっくりと眺めると、綺麗なサファイアをゆっくりと細めた。

その視線にコレットは思わず自分の身体をかき抱いて、頬をじわっと赤らめさせた。

「これが仕事？」

「そ、仕事」

城に招かれたコレットは、いつの間にか騎士装束に着替えさせられていた。式典用の騎士装束なので、鎧もなく軽くて良いのだが、その分きっちりと締められている詰め襟が窮屈だ。

全体的に赤と白で彩られた装束は、かつてコレットが着ていたのと同じもの。ただ一つ違う点を上げるとするならば、それは女性ものではなく、男性ものだということだろう。

「なんか、間違っているとか、失礼とか思わない？」

「まったく」

コレットが男性ものの装束に文句を付けると、清々しい笑顔でヴィクトルは首を振った。そして、コレットの後ろに回ると彼女の髪の毛を手で掬った。

「髪の毛は触っても平気？」

「へ、平気だけど、なにする気よ……」

いつ触れられるかわからない恐怖でコレットは身を縮ませる。そんな彼女を後目にヴィクトルはコレットの髪の毛を綺麗に結い上げると、満足そうに一つ頷いた。

「よし。これで完璧だ」

「……この姿でなにをやらせる気なのよ」

コレットは不信感丸出しの声を出しながら、鏡の中の自分を眺める。

鏡の中にいたのは、どこからどう見ても小柄な騎士だった。

男性に見えるように薄く化粧で化かしてもらっているのも大きいだろう。どこにでもいる町娘・コレットの姿はもう見る影もない。

「俺は今から、君にある人を紹介する。コレットはその姿で彼女に、自分の国に帰るよう進言して欲しいんだ」

「今から会う人ってどうせ貴族様でしょ？　私の言うことなんか聞いてくれるの？」

コレットのもっともな問いに、ヴィクトルは困ったように笑いながら顎をさする。

「うーん。どうかな。多分、俺よりは耳を貸してくれるんじゃないかと思うんだけど……」

ヴィクトルが苦笑しながら紹介してくれた女性は、なんと、コレットも知る人物だった。

「貴女！」

「あのときは、命を助けていただいてありがとうございます。騎士様！」

鈴の鳴るような声を出して、銀髪の彼女は掛けていたソファーから立ち上がり、ぽぉっと頬を赤らめた。細められた赤紫色の瞳はまるでガーネットのよう。桃色に染まった頬を引き上げながら彼女はコレットのもとに駆け寄ってくる。

そんな銀髪の少女の後ろに立つのは、茶色い髪の毛と大きな眼鏡が特徴の、線の細い女性だ。年齢はコレットと同じぐらいか少し上だろう。

彼女達は二日前、コレットが燃え盛る馬車から助けた者達だった。

ヴィクトルは銀髪を揺らす少女の横に立つ。

「コレット、紹介するよ。彼女は隣国グラヴィエ帝国のステラ・ローレ・グラヴィエ皇女だ。現皇帝、七人目のご息女にあたる」

「はぁあぁぁ!?」

コレットが驚くのも無理はなかった。グラヴィエ帝国というのはつい二年前まで、プロスロク王国と戦争をしていた隣国である。そう、コレットが活躍した、かの戦争だ。

結局、戦争はプロスロク王国の優勢的な和解という形で決着が付いたが、今もなお両国の溝は深いまま。そのグラヴィエ帝国の皇女である彼女は、ドレスの裾をつまみ上げて優雅に淑女の礼を取った。そして、自身の胸に手を当て凛とした声色を出す。

「驚くのも無理はありませんわ。戦争は終わりましたが、今もなお、両国の間には深い溝が横たわっています。私はそんな両国友好の礎となればと思い、ここに来たのです」

「ヴィクトル。ちょっと……」

皇女の宣言にたじたじになりながら、コレットはヴィクトルを部屋の隅に呼んだ。そして、彼にしか聞こえない声を出す。

「なんでこんな敵地に堂々と乗り込んじゃっているの？　あのお姫様⁉」

「どうやら、現皇帝である彼女の父親に言われて、ここに来たらしい。うちの人質になりたいんだそうだ」

「ひ、人質⁉」

　コレットの叫びにヴィクトルも疲れた顔で一つ頷く。

「戦争終結時に、プロスロク王国はグラヴィエ帝国に土地も金銭も要求しなかったんだ。もちろん、関税や外交上有益になるようなことはいくつも押し通したんだけどね。どうやら彼女はそのときの金銭の代わりらしい」

「はぁ⁉」

　意味がわからないとばかりにコレットが声を上げる。

　普通、戦争終結となれば、敗戦国から戦勝国に戦争賠償金という名の金銭が渡る。もし、敗戦国の財政が厳しかった場合でも、土地を渡したりして賠償をする。

　しかし、戦勝国にもかかわらず、プロスロク王国はそれをしていないというのだ。

「うちも戦争で相当疲弊していたからね。土地を貰っても管理できない、するお金がない。金銭を貰おうにも、相手はぼろぼろで払えないって感じでね。それに、当時は穏健派である父が国を動かしていた。今は半分ぐらいアルベール兄上が動かしている感じだけれどね」

ヴィクトルは困ったように頭を掻く。そして、コレットに視線を投げた。

「それで、俺は君に彼女の説得をお願いしたいんだ。その姿で国に帰るように言ってくれ。俺が何度『人質は不要だ』と言っても帰ってくれない。正直困っていたんだ」

コレットはその言葉に首を振った。首が飛んでいってしまわんばかりの勢いだ。

「む、無理よ！　アンタで無理なら、私ができるわけがないでしょう！　なに考えているのよ！」

「まぁ、ものは試しだから、一度やってみてくれないか？」

「あの……お二人とも。どうかいたしましたか？」

窺うような声に振り向けば、銀髪の少女は不安そうに二人を見つめている。

ヴィクトルはいつもの輝く笑みを浮かべると、ステラに近づいた。

「すみません、ステラ様。うちの騎士は恥ずかしがり屋なもので、ステラ様の美しさに参っていたみたいです」

「まぁ！」

ヴィクトルの言葉にステラは嬉しそうに声を上げる。頬も桃色だ。

コレットが冷や汗を掻きながら視線を逸らしていると、ヴィクトルがコレットのことを手で指した。

「うちの騎士のコレットです。先日、会っているので顔は見覚えあるでしょう？」

「コレット様。まぁ、とても素敵なお名前ですのね！　少し女性のような響きも、大変美しいと思いますわ」

女性のような響きの名前、ではなく本当に女性の名前なのだが、ステラは完全にコレットのことを男性と見ているようだった。

瞳を輝かせながらステラは胸に手を当てる。その瞳はどこか潤んでいて、先ほどの凛とした立ち振る舞いを全く感じさせない。彼女はうっとりと染めた桃色の頬を両手で押さえ、まるで恥ずかしがるように腰をくねらせた。

「あ、あの……。私、コレット様の勇敢な姿が忘れられませんの。ぜひお茶会にお誘いしてもよろしいでしょうか」

コレットはその問いに、頬を引きつらせ一つ首肯した。

ステラとのお茶会を午後に控え、コレットとヴィクトルの二人はやけに豪奢な一室でのんびりと過ごしていた。

優雅にソファーに腰掛けるヴィクトルとは対照的に、コレットは緊張で身を硬くしながら、むくれたように頬を膨らませていた。

「このまま男性として会い続けるとか、正直無理だと思うんですけど……」

「大丈夫だよ。今のコレットは俺から見ても十分に男性の騎士そのものだ」

コレットはさらにむくれたような表情になる。

「どうせ、女らしくないですよーだ」

「まいったな。そういう意味で言ったわけじゃないんだけど。……普段のコレットは十分女の子らしいし、可愛いよ?」

キラキラの王子様スマイルで言われて、コレットの額には青筋が立った。

「見え透いたお世辞は結構です!」

コレットの言葉に彼は「お世辞じゃないんだけどなぁ」と笑う。

本当にいけ好かないというか、腹の底が読めない男である。

ヴィクトルは睨みつけるコレットを後目に、優雅に足を組みかえた。

「だけど、君がこの仕事を請け負ってくれて助かったよ。あのお姫様には、俺の言葉が全く通じなくてね。むしろ態度が硬化していくばかりだから、本当に困っていたんだ」

「まぁ、成功するかどうかはわからないけど、できるだけのことはやってみるわよ」

政治に関して疎いコレットでも、グラヴィエ帝国の皇女がプロスロク王国にいるという状況があまり良くないものだというのはわかる。

しかも人質というのは、その身の安全が保障されているときは、相手国へ抑止力として働くのだが、万が一にでもそれが脅かされた場合、逆に戦争の火種になってしまう可能性がある。

言うなれば、諸刃の剣なのだ。

もし、ステラがこのプロスロク国内で殺されてしまった場合、犯人はプロスロク国内の人間ということにされ、帝国はまた戦争を仕掛けてくるだろう。そして、近隣諸国からも、理由なく人質を殺した国として白い目で見られることになる。

そもそも、人質を取る国だと思われるだけでも大変なマイナスなのだ。

笑みを浮かべるその奥で、そんな気苦労を背負い込んでいるのだろう。ヴィクトルは長い息をつきながらソファーの背もたれに身体を埋めた。

「実は、彼女はこれまでに二度、殺されかけている」

「え？　どういうこと？」

ひっくり返った声を出すコレットに、ヴィクトルは笑顔を収めて急に真剣な表情になった。

「一度目は、君も知っているとおりに、あの馬車でのことだ。彼女たちを助け出した後すぐ専門の者に調べさせたんだが、あの場所から燃え残った火薬が見つかった。あれは彼女を狙った人為的な爆発だ」

その言葉にコレットは息を呑む。

ヴィクトルはそんな彼女を目の端に留めて、言葉を続けた。

「そして、二度目は昨日。俺の名を騙った差し入れの中に毒が仕込まれていた。差し入れがあった直後に俺が彼女のところを訪ねたから発見することができたが、少しでもタイミングが遅れていたらと思うとぞっとするよ」

背筋を駆け抜けた悪寒に、コレットも身を震わせる。

戦争がまた始まってしまうのはもちろん嫌だが、それ以上にあんな幼い子どもの命が狙われているという事実に背筋が凍った。

「つまり、この城の中にステラ様の命を狙っている人がいるってこと？」

慎重にそう聞けば、ヴィクトルは一つ首肯した。

「まぁ、そういうことになるね。グラヴィエ帝国は元々戦争を好む国だ。あの広大な領土も他国への侵略を繰り返して得た土地だしね。ステラ様を害するために間者を仕込んでいてもなんら不思議ではない。まぁ、このプロスロク王国側で戦争を起こしたいと思っている人間がいないとも限らないから、一概にそうだとは言えないけどね」

つまり、彼女は自分の父親に殺されそうになっているかもしれないのだ。命を狙われているだけでも辛い事実なのに、その主犯格が本人の父親かもしれないということに、コレットは苦虫を嚙みつぶしたような表情になる。

「だから、国に帰って欲しいとお願いしているのに、どうにもうまくいかなくてね。国の方に直接書状を送ってみたりもしたけれど、返事はなし。正直、どうするべきか対応に困っているところだったんだ」

ヴィクトルはそう言いながら、いつの間にか寄っていた眉間の皺を揉む。

「それなら、今、この瞬間も危険なんじゃないの？　彼女の護衛は？」

「今は信用のおける兵士たちに護衛を頼んでいる。食事もあのポーラという侍女が毒味をするようだから、まぁ、安心だろう。……化け物でも出れば話は別だけどね」

「そう……」

コレットがヴィクトルの言葉に、一つ頷いたそのときだった。廊下の先から甲高い叫び声が聞こえてきた。続いて、何かの咆哮。

城の中では決してするはずのないその音に二人は瞬く間に廊下へ出ると、声のした方向に走り出した。

「ちょっと、大丈夫⁉」

駆け込んだ部屋の先で見たものに、コレットは息を呑んだ。

そこにいたのは馬鹿でかい狼だった。頭が天井に届いてしまいそうなほどに大きく、色は不自然なぐらい真っ黒。血走ったような目だけが赤く輝いていて、口元からも真っ黒い牙が覗いている。

部屋の中が狭いのだろう、狼は調度品などを身体で押し倒しながら、暴れ回っている。その力たるや、控えていた兵士達の攻撃が、一切届かないほどだった。

刃は通さない、弓は跳ね返す。

異形の登場に、周りの兵士達もどうすればいいのかわからないのだろう。むやみやたらに攻撃を繰りかえす者もいれば、部屋を出た先で怯えたような表情になっている者もいる。

そんな狼の姿をした化け物の足下には、二人の人間がいた。

一人は叫び声の一つも上げられないまま、震え、固まってしまっているステラ。

もう一人は、ポーラと呼ばれていた侍女だ。彼女の方はステラを守ったためか、部屋の隅で気を失ってしまっている。

唸り声を上げる黒い狼は、まるで爪研ぎをするかのように鋭い爪で絨毯を数度引っ掻いた。

そして、目の前で固まるステラを見つけ、彼女にその爪を突き立てようとする。

「――っ!!」

「伏せてっ！」

ステラが息を呑んだと同時に、コレットが彼女のもとに滑り込んだ。ステラを庇うかのように彼女の頭を抱える。

狼の爪は二人に向かって振り下ろされた。

「コレット!!」

数秒遅れてやってきたヴィクトルが、彼女の名を呼ぶ。

そこにいる誰もが、目の前で起こるだろう惨劇に目を瞑ったときだった。

キンッ、と金属同士がぶつかるような音が部屋の中に木霊した。次いで、何か生肉を切るような生々しい音。

最後に、まるで断末魔の叫びのような狼の咆哮が耳を劈いた。

その声に辺りがざわつく。

見れば、先ほどまで帯剣していなかったはずのコレットが、剣を持ち、狼の足を一刀両断していた。その剣は伝説通り、白銀に輝いている。

足を切られた狼は痛みで悶え苦しみながら、暴れ回った。そして、今度は鋭い牙で二人を襲おうとする。

「かせっ！」

ヴィクトルが兵士から弓矢を奪い、狼に向かって矢を放った。矢は一直線に飛び、狼の目に深々と突き刺さる。どうやら表皮は強いようだが、動物と同じように粘膜部分は弱点らしい。

二度目の深手に、狼は目の前の二人を忘れて暴れ回った。壁に身体をぶつけ、天井のシャンデリアを揺らす。コレットはこの隙を逃すまいと、ステラを脇に抱えたまま風の力で高く飛び上がった。そうして、暴れる狼の脳天に剣を突き立てる。

瞬間、風船が割れるような破裂音が辺りに響いた。

狼の身体も破裂音と共にはじけ飛んでしまう。

「あれ？　終わり……？」

コレットの剣はほとんど空振りかのように、絨毯の床に深々と突き刺さっていた。

ステラを小脇に抱えたまま、彼女は自らの剣を床から引き抜く。その剣の切っ先には、一枚の札のようなものが刺さっていた。

「コレット！　大丈夫？」

焦ったようなヴィクトルの声に、コレットは笑顔で一つ頷いた。

「うん、大丈夫。ステラ様も無事よ！　正直、さっきのは助かった。ありがとうね」

「お礼はいいから、すぐに医務室に行こう。どこか怪我しているといけない」

「あぁ。ステラ様、さっきので気を失っちゃったからね」

腕の中で瞳を閉じるステラの顔色は悪い。確かに、早く医者に診せた方が良いだろう。

見る限り、怪我をしている様子はないが、見えないところに傷を負っているかもしれない。

そんなステラを心配するコレットに、ヴィクトルはなぜか渋面を向ける。

「お姫様はもちろんだけど、俺は君のことも心配しているんだ」

口調は柔らかいが、どこか怒ったようにヴィクトルはそう言った。

その様子にコレットは目を瞬かせる。

「え？　私は大丈夫よ。どこも怪我していないし！」

「だとしても、一応、診てもらってくれ」

「や、でも……」

明らかにコレットは怪我をしていないのだ。なのに、ヴィクトルは譲らない。

「言うことを聞かないなら、抱き上げて無理やり医務室に連れて行ってもいいんだよ？」

「ひっ！」

微笑みながら両手を広げるヴィクトルにコレットは顔を青くさせる。

「さぁ、十秒以内にどっちか選んで。俺はどっちでも構わないからさ」

ヴィクトルが「じゅーう、きゅーう、……」とカウントダウンを始めたのを見て、コレットは焦ったように口を開いた。

「じ、自分で行く！　自分で行くから!!」

「本当にちゃんと行く？」

「行きます！　ちゃんと診てもらう!!」

「そっか、残念。嫌がるコレットをもうちょっと見ていたかったのに」

「アンタ本当に悪趣味ね！」

頬を赤く染めたまま怒りを露わにするコレットに、ヴィクトルは笑みを滲ませる。

「……それなら、早速行こう。ポーラも先ほど医務室に運ばせたから」

彼の言葉にコレットは一つ頷いた。

そのときだ——。

「ねぇ、ねぇ、コレット。それ、大丈夫なの？」

二人の足下からティフォンの声がした。コレットの手の中にあった剣はいつの間にか姿を消しており、その代わりにティフォンが二人の間に立っている。

彼はコレットの腕の中で眠るステラを指さして「それ」と、もう一度言った。

コレットは腕の中のステラに目を留めると、全身の毛を逆立てた。そして、彼女を床の上にそっと置くと、その場から逃げるように距離を取った。

「やばい！　痒い!!　あーもー、ティフォンの馬鹿!!　気付いちゃったじゃない!!」

服の上から腕を掻きながら、コレットが涙目になる。

彼はそんなコレットを見て、お腹を抱えて笑っていた。

「あの症状はどういう条件で出るんだ？」

ヴィクトルが床に置き去りにされたステラを抱き上げ、ティフォンに聞く。

狼を倒している間、彼女はいたって普通だった。ヴィクトルと話している間もステラを抱えたままだったが、いつも通りだった。コレットが反応したのはティフォンが指摘してからだ。

もっともな疑問に彼は笑顔のまま首を折る。

「うーん。コレットの場合は心の問題だからねー。実際にお金持ちじゃなくても『お金持ちだ！』『苦手だ！』と思うと出ちゃうし、逆にお金持ちの人でも仲良くなると出なくなったりするんだよ。ああやって戦っていたり、心にそういう余裕がないときは、そもそも出ないしね！　要は『お金持ち』『苦手』っていう感情よりも、他の感情の方が勝っていたら何も出ないんだよ」

「他の感情、ね」

　ティフォンの言葉にそう呟き、ヴィクトルはコレットに視線を戻した。彼女は部屋の隅で、自身の身体をかき抱きながら小さくなっている。

　おかしな姿に笑みを零し、ヴィクトルは彼女に声を掛けた。

「コレット、行くよ！」

「わ、わかっているわよ！」

　震える声でコレットは答えた。

「どうだった？」
　医務室からやけに豪奢な一室に帰ってきたコレットを迎えたのは、ヴィクトルのそんな言葉だった。
　コレットは後ろ手で扉を閉めながら、一緒に医者の診察を受けた二人のことを思い出す。
「二人ともただの気絶らしいわよ。怪我の方も擦り傷だけみたい。命に別状はないから、一、二時間もすれば目覚めるだろうって」

「私も平気！　どこにも異状はないって。むしろ、なんで来たのかって雰囲気だったわよ」

半ば強引に行くことになった医務室だったが、やはり行かなかった方が良かったのではないかと思ってしまう。念入りに調べられたステラとポーラに比べ、僅か一分ほどで切り上げられたコレットの診察は、正直、あってもなくても変わらないといった感じだった。

コレットは豪奢な部屋にまだ慣れず、部屋の隅に身を寄せると、ヴィクトルにため息混じりの声を出した。

「アンタさ。頼み事があるなら、ああいうまどろっこしい真似しなくても普通に頼みに来たら良いのに……」

「まどろっこしい真似？」

「プロポーズよ！　普通に来ても話ぐらいは聞いてあげるって言っているのよ！　それにこういう状況なら、ああいう嘘つかなくても、協力ぐらいしたわよ。私だって、また戦争が起こるのは嫌なんだし……」

再度ヴィクトルがプロポーズしてきた理由を、コレットはそう解釈した。彼女は呆れたような顔をしながら壁に寄りかかった。

そんな彼女に、ヴィクトルは座っていたソファーから立ち上がり近づいてくる。そして、すぐに触れられる距離まで身を寄せてから、にっこりと微笑んだ。

「君は？」

「嘘じゃないよ」

「は？」

「俺はコレットと結婚したいと思っているし、それを君に承諾させる気でいるよ」

その言葉にコレットは身を引いた。しかし、彼女の踵は一歩も下がることなく、背中の壁を蹴る。コレットはヴィクトルから離れようと、できる限り壁に身体をくっつけた。

（た、退路を断たれた⁉）

コレットの左側と背中には壁、それ以外にはヴィクトルがいる。

「な、なんで⁉　確かに『諦めた』とは言われてないけど、この前はちゃんと諦めてくれたじゃない！　少なくとも私にはそう見えたわよ！」

悲鳴を上げるように言えば、ヴィクトルはとても楽しそうに笑う。

「あのときはあのとき。今は今だ」

「……都合が良いのね」

「人の気持ちなんて、大体、都合が良いようにできているものだよ」

にこやかに壁に手を置かれて、コレットはますます縮こまる。

本格的に逃げられなくなってきた。

そんなコレットを見ながら、ヴィクトルは壁に置いていない方の手で自分の顎を一撫でした。

「まぁ、一つ理由を挙げるとするなら、君に興味がわいたから、かな？」

「そう、興味。今まで周りにいなかったタイプだからね。君が側にいてくれたら、今より面白い人生が送れそうだ」

「……興味？」

「ち、珍獣扱いしないでよ！　それに、結婚は好きな人としたいって言ったでしょう？」

唸るように言うと、彼は自信満々に自分の胸に手を当てた。

「だから、俺を好きになれば良い」

「そう簡単になれるか！　それに愛人はいやなの！　側室ってヤツもいや！」

「君が嫌がるなら、他の側室は持たないよ。正室はまぁ、持たないとダメだろうけど、君のところへ一番通うようにする」

「そこは、正室を持たないぐらいの覚悟を見せなさいよ！」

「これぱっかりは俺だけの問題じゃないからなぁ」

そう言いながら、彼は困ったように笑った。

王族にとって、結婚は政治の道具なのだ。ヴィクトルが嫌だからと言って回避できるものではない。それはコレットもわかっている。だからこそ、彼との結婚は嫌なのだ。

「それに、私は相思相愛で結婚したいのよ！　相手からもちゃんと想われたいの！　なので、アンタみたいな利害の一致で結婚しようってヤツは論外！」

これが最後だと言わんばかりに吐き捨てる。すると、ヴィクトルは驚いたように一瞬目を見張った後、先ほどよりも更に笑みを強めた。

「それなら、心配はいらないよ。俺はコレットが好きだよ」

「はぁ⁉」

「ちょっと抜けている感じも見ていて飽きないし、なんだかんだ言って面倒見が良いところも、苦労性っぽくて面白い。こうやって怯える様も可愛いし、とてもからかい甲斐がある」

（……腹の中真っ黒か！　コイツは‼）

要は、『いじめて面白いから好き』ということだろう。

コレットが胡乱な顔で見上げていると、彼は少しだけ真剣みを増した顔になる。そして、コレットの髪の毛を掬い上げた。

「それに、いつも誰かのためを思って動くその姿勢は単純にすごいと思う。君の長所だ」

「そ、それは、どうも」

気恥ずかしげに視線を逸らして答えると、ヴィクトルは髪の毛にキスを落とした。

「……怪我がなくて、本当に良かった」

そう囁かれて、さすがのコレットも全身を真っ赤に染めあげた。まるで爆発するかのよう。よく見たら湯気まで出ていそうだ。

コレットはその勢いのまま、両手でヴィクトルを押し返した。

「なにしてくれてんのよー‼　この女たらし‼」

「女たらしってことは、少しぐらいは意識してくれたってことかな？　嬉しいよ」

「そんなわけないでしょうが！　なんで髪なんかにキ、キスすんのよ！」

「ん？　他のところにしても良いの？」

「いいわけないでしょうが！」

ざわぞわと這い上がる悪寒に身を震わせながら、自身の肩を抱く。

それを見て、ヴィクトルは更に笑顔になった。

「そういう初な反応をするところも可愛いと思うよ」

「悪趣味！」

「なんとでも言ってくれ」

二人がそんなやりとりをしていると、急に扉が控えめに叩かれた。

そして、見たことのある人間が顔を覗かせる。

野暮ったい眼鏡に、気弱そうな顔。身長だけはひょろりと高いが、その身体つきは文官のそれである。

彼――ラビは、部屋に入るとヴィクトルを視界に入れた。

「ヴィクトル様、ご報告があります。……って、コレットさんもいたんですか？」

コレットが来ていることは事前に知っていたのだろう。城の中にいること自体に驚いてはいないようだったが、顔は明らかに彼女の登場を嫌がっているようだった。しかも、その感情を隠そうともしない。

そんな無愛想な従者にヴィクトルは笑顔を向ける。

「良いところだったのに。邪魔をするなんてタイミング悪いな、お前は」

「応援していませんからね！　私的にはタイミングばっちりでした！　……ところで、国王様からの呼び出しですよ。コレットさんも。なにやらコレットさんの処遇についてのお話らしいです」

「しょ、処遇？」

処遇という不穏な言葉にコレットは顔を引きつらせた。

しかし、一緒に呼び出されたヴィクトルはさも当然とばかりに頷いてみせる。

「まぁ、そう来るだろうとは思っていたよ」

「どういうこと？」

「君はさっき、無断で力を使っただろう？」

「あ……」

その瞬間、思い出したのはあの誓約書だ。

力を使わないと約束したのに、コレットはもうその約束を二度は破ってしまっている。

しかも、二度目は城の中で、だ。バレないと思う方がどうかしていたのだ。

「それに関しての呼び出しだ。さぁ、どんな罰が待っているかな。楽しみだね、コレット」

意地の悪い笑みにコレットは息を呑んだ。そして、声を震わせる。

「あ、あれは、人助けだったし……」

「こういうのに例外はないんだよ」

その言葉にコレットの顔は真っ青になった。

「ど、ど、どうしよう⁉　罰金とかかな⁉　それなら独房に一ヶ月とかの方が……」

「独房に一ヶ月とかの方がマシなんだ？」

「そりゃあね！　救済院の皆に迷惑かかるよりは、誰にも会えなくて暇だけど、食事も昼寝もついてくる独房の方がまだましよ！」

それでも、嫌なものは嫌だ。独房の冷たい床に寝たいだなんて思えない。しかも、あそこは日が当たらないのだ。想像しただけで身が震えてしまうコレットである。

そんな彼女に救いの手をさしのべるかのように、ヴィクトルが優しい声色を出す。

「コレット。ステラ様を救ってくれたお礼に、今度は俺がコレットを助けてあげようか？　旨くいけば、罰金も、独房もなし。どうかな？」

「……そんなことできるの？」

「まぁ、任せておいて。その代わり、君にも少しだけ協力してもらうけど、いいかな？」

「それは、もちろん協力するけど。……アンタ何が目的よ」

さすがに懲りたのか、コレットはヴィクトルに疑わしげな視線を向けた。

しかし、そんな視線などものともせずに彼は笑う。

「何も。ただ、俺が頼んだことで君が罰を負うのは申し訳がないだろう？」

そう言って軽やかに身を翻したヴィクトルの後ろを、コレットは渋々ついていくのだった。


謁見だといって通された部屋は、だだっ広い王座の間などではなく、こぢんまりとした一室だった。こぢんまりとしているといっても、コレットの住んでいる救済院の食堂よりは大きいし、内装もキラキラと輝いて目が痛くなるほどの部屋だ。

コレットはそのままの男装姿で謁見するわけにもいかず、ヴィクトルが急遽用意した淡いオレンジ色のドレスを身に纏っている。ドレスといっても、派手なものは着たくないというコレットの意向により、ワンピースのような飾りもあまりついていない簡素なドレスだ。

コレット達はその部屋の中で頭を伏せながら、王の登場を待っていた。

『国王と俺の言葉には「はい」。宰相の言葉には「いいえ」で答えてね。父とは違って宰相は疑り深い人だから。それ以外の人が謁見に現れたら、挨拶だけして、何を聞かれても話さなくて良いから。後は俺がなんとかする』

いつになく頼もしい様子でそう言われたのは、この部屋に入る直前のことだ。

(罰金も独房も嫌だから、ちゃんとやらないと!)

コレットはヴィクトルの言葉を思い出しながら、確認するかのように一つ頷いた。

そのときだ。奥側の扉が開かれ、ゆっくりとした足取りで国王が姿を現した。

そして、その後ろに宰相と思われる白髪の男性が付き従っていた。

王は用意されていた中央の椅子に腰掛けると、ゆったりとした笑みを浮かべる。

「戦姫よ、久しいな! よくぞもう一度城を訪ねてくれた! ヴィクトルも息災か? 二人とも顔を上げて、ゆるりとしてくれ」

温和な声にヴィクトルもコレットも身体を起こし、立ち上がった。

たった二年で様変わりした国王の姿に、コレットは息を呑む。

戦争が終わったばかりの頃、彼はがっしりとした身体つきに威厳のある姿をしていた。なでつけられた金髪は輝いていて、青い瞳もまるで刃物のように鋭利に光っていた。歳はそれなりに重ねていたけれど、まだまだ英気に満ちた姿に圧倒された記憶しかない。

なのに、今目の前にいる彼の姿はどこかくたびれていた。威厳がないとまでは言わないが、見るからに身体は弱っていて、かつてのような威圧感は微塵も感じられない。

コレットが驚いた表情を浮かべていると、その表情に気が付いた国王が目を細める。

「どうも、二年前の戦争が終わってから気が抜けてしまったみたいでな」

それだけ答えると王は、目の前に立つ二人を眺め、低い重厚感のある声を響かせた。

「戦姫よ。そなたはこの城の中で《神の加護》を使い、グラヴィエ帝国のステラ皇女を、化け物よりお守りした。そうだな？」

「はい」

最初の問いに、コレットはヴィクトルに言われた通り、そう答えた。今からどうなってしまうのか想像もできないまま、彼女は背中に冷や汗を滑らせる。

しかし、そんな緊張したコレットを嘲笑うかのように、国王は嬉しそうに頰を引き上げた。

「そうか。よくぞ、かの国の皇女を守ってくれた！　ありがたく思うぞ！」

「は、い？」

国王の予想だにしない言葉にコレットは首を捻った。どうやら思っていた方向とは違った流れになっているようだ。国王は続ける。

「二年前の戦争は両国共に失ったものが多かった。かつての過ちは決して繰り返してはならぬ。そこで、戦姫よ。もう一度力を貸してくれないか？　かの国の皇女がこの国を去るまでの間、彼女を守って欲しい！」

「え……」

その言葉にどう返して良いのかわからない。

ステラが命を狙われるのも、また戦争が始まってしまうことも嫌なコレットからしてみれば、協力することは全く構わない。しかし、本当にここで頷いてしまって良いものなのだろうか。

コレットが、まるで助けを求めるようにヴィクトルを見れば、彼はそんなコレットを一瞥した後、にこりと笑って一つ首肯した。

(『はい』で良いってことかな?)

ヴィクトルの頷きに頷きで返したコレットは、また視線を王のもとへと返した。

「えっと……『はい』」

「おぉ! それは頼もしい答えだ! それでは君の処遇のことなのだが……」

『処遇』という言葉に背筋がしゃんと伸びる。きっとここから、あの誓約書違反について、色々問われるのだろう。コレットは生唾を飲んだ。

そのとき、ヴィクトルがコレットより一歩前に歩み出た。

「国王様、彼女のことは私にお任せいただけませんか? 彼女と私は浅くない縁で繋がっております。必ずや、協力してステラ様を無事、帝国へとお帰しいたします」

「確かに、お前が事態の先を読んで戦姫をこの城に招いていなかったら、大変なことになっていたのだからな」

ヴィクトルの言葉に、国王は考えるように口元に手を置いた。

いつの間にかコレットが来た理由が『皇女を説得するため』ではなく『皇女を守るため』にすり替わっているし、全てがヴィクトルの計画通り、みたいな流れになっているが、コレットにはそんなものどうでもよかった。

事態が今どういう流れになっているのかよくわからないが、恐らくヴィクトルに任せるという判断になればコレットは無事なのだろう。それだけはわかる。

「良かろう、それでは、第二王子の専属の騎士として……」

「待ってください！　……こういった場で発表することではないかもしれませんが、私は、彼女に結婚を申し込みました。ね？　コレット」

「はぃいぃぃ!?」

『はい』は『はい』でも、違う意味の『はい』が、口をついて出た。

コレットは眦を決し、ヴィクトルを睨みつける。

そんな彼女を無視して、彼は更に続けた。

「ですので、私付きの騎士という立場ではなく、自由に動ける権限を彼女に。私も婚約者に身を守ってもらうというのは少々気が――」

「え、ちょっと！　ヴィクトル!!」

婚約者という言葉の響きに一気に冷や汗が吹き出る。腕を引きながら、彼の言葉を制すれば、目の前の国王が嬉しそうに声を上げた。

「おぉ。『ヴィクトル』と！　もう互いをそんな風に呼び合う仲に……」

「ち、ちが……！」

「照れないで、コレット」

甘ったるいが有無を言わせないその声色に、コレットは何も言えなくなってしまう。

「そうか、わかった。……よかろう。この件に関してはヴィクトルの思うようにしていい。戦姫の件もお前に一任する。よろしく頼むぞ！」

「はい。ありがとうございます」

「え、あ、あの……」

コレットを置き去りにしたまま進んでいく事態に、彼女は情けない声を出した。

すると、先ほどまでだんまりを決め込んでいた宰相がやっと口を開いた。

「戦姫よ。何か異論はあるか？」

「え……『いいえ』？」

「なぁんで！　気がついたら私とアンタが結婚する流れが出来上がっているのよ!!」
「こういうのを『外堀を埋める』と言うんだ。覚えておいた方が良いよ？」
「鬼！　悪魔！」
二人はそんな言い合いをしながら部屋に帰ってきた。部屋の中ではなにやら侍女達がバタバタと動き回っている。

その様子を後目にコレットはヴィクトルを壁際まで追い詰めた。

「しかも、国王様全く怒ってなかったじゃない！」

「それはそうだろう？　ステラ様を守ったんだ。咎めるより、褒められるって最初からわからなかったのかい？　処遇というのも、最初から咎めるものではなく、君の身の置き場所のことを指していたんだ」

ぺらぺらとネタばらしをされて、コレットは地団駄を踏んだ。本気でこの男の手のひらで転がされている気しかしない。

「でも、俺のおかげで城の中でも自由に動けるようになったし、君が力を使っても、もう誰も咎めないよ？　まぁ、君の力に関しては箝口令が敷かれるだろうけどね」

「そうだけど！　でも、なんで結婚するみたいな流れにするのよ!?　私頷かないわよ！　絶対承諾しない!!」

「そんなこと言いつつも、いつかするんだからいいじゃないか」

「しないって言っているでしょうが！」

ニコニコと笑う目の前の男にコレットは気炎を上げる。そして、彼の鼻先に指を突きつけた。

「それなら、協力するから約束して！　ステラ様を帝国にちゃんと戻せたら、国王様には『破談になりました』ってアンタから説明すること！　わかった？」

「……しょうがないな。わかったよ」

渋々ながらに頷くヴィクトルを見て、コレットは荒い息を吐き彼から身を引いた。そして、窓の外を見る。

今日は色々あったせいで食事もろくにしていないのに、もう空は夕焼け色になってしまっている。彼女はそんな外の様子にがっくりと肩を落とすと、踵を返した。

「んじゃ、帰るわ。明日また来るわね」

「帰るって、どこに？」

「救済院に！」

目を怒らせながらそう言うと、ヴィクトルは笑顔のまま首を折った。

「ステラ様が夜中に狙われるかもしれないのに？　救済院に帰るの？」

「そ、それは……」

彼の言うことはもっともだ。コレットが暗殺者なら、ターゲットを狙うとき、昼間ではなく夜を狙う。もちろん、それは他の者も重々承知しているだろうから、警備の数も夜の方が多いだろう。しかし、今日の昼間のように、コレットにしか対処ができない敵が現れたりしたら、どんなに警備がいてもステラは殺されてしまう。

コレットが苦々しい顔をしていると、ヴィクトルがにっこりと笑ったまま手を打つ。

「そういう顔をすると思って、実は部屋を用意させていたんだ」

「……どこよ？」

「この部屋」

その言葉にコレットは辺りを見回した。

そして、周りで侍女達が忙しなく動いていた理由を知る。

彼女達はコレットがここへ泊まる準備をしていたのだ。

あまりの用意の良さにコレットはこめかみを押さえてしまう。

（もしかして、このドレスもあらかじめ用意して……）

自分の着ているドレスの裾をつまむ。言われてみれば、国王が会いたいと言ってからヴィクトルがこのドレスを用意するまで三十分もかかっていない。お城の中の普通はわからないが、これはあまりにも速すぎないだろうか。あらかじめコレットをここに留める予定で色々と用意していたと考える方が自然である。

（何もかもヴィクトルの手のひらの上ってこと……!?）

青い顔をするコレットに、ヴィクトルはまた爆弾を落とした。

「ちなみに、ここはコレットを迎えるときのために用意していた部屋だから、自由に使って構わないからね。結婚した後は君の自室だよ」

「それなら、でてけー!!」

そう叫びながら、コレットはヴィクトルにクッションを投げつけた。

「何度も命を助けていただき、本当にありがとうございます。コレット様！」

翌日、様子を見るために訪れたステラの部屋で、コレットは彼女に感謝されていた。

ステラも、その後ろに控えるポーラも、決して顔色は悪くない。ステラに至っては、むしろ血色が良さそうだ。

彼女は頬を桃色に染め、やおら興奮したようにコレットに詰め寄った。

「私を守るために必死で駆けつけてくださったそのお姿！　本当に凜々しくて、勇敢で、素敵でしたわ！」

「あ、ありがとうございます」

「しかも、今後も守っていただけるとのことで！　私、感無量です！」

瞳を潤ませながらステラはコレットの両手を取り、強く、強く、握りしめた。

その瞬間、コレットの背筋に悪寒が走り、鳥肌が立つ。ついでに、手袋で隠れている手には蕁麻疹が出ていた。しかし、振り払うわけにもいかないコレットは、身を震わせながらその責め苦に耐える。ここまで来れば、鈍感なコレットにだってステラが自分にどういった感情を持っているのかぐらいはわかる。ステラは命を救ってくれたコレットに惚れているのだ。

——そう、男性のコレットに……。

ステラに手を握られたコレットが冷や汗をかいていると、すぐ後ろにいたヴィクトルが助け船を出してくれる。

「すみません、ステラ様。彼はどうも、お綺麗なステラ様に触れられると緊張してしまう質のようです」

そうして、ヴィクトルがステラの手をやんわりと退ける。

「まぁ！　そうですの？　女性に慣れていないということは、コレット様はとても誠実な方でいらっしゃるのね！　ますます、お側にいたくなりましたわ！」

「良かったですね。これからは定期的に会えますよ」

「ヴィクトル様、ご配慮ありがとうございます！」

ついこの間十歳になったばかりだというのに、彼女は年相応に喜びながらも、ヴィクトルに深々と頭を下げた。その仕草はやはり皇女というべきだろう。頭のてっぺんからつま先まで、気品が漂っている。

「あ、あの！　ステラ様！」

「なんですか？」

コレットの言葉にステラは小さく首を傾げた。

そんな彼女に、コレットは必死で練習してきた言葉を吐き出した。

「やはり国に戻られませんか？　この国に留まれば、また危険なことに巻き込まれてしまいます。ステラ様の身に何かあれば、それこそ戦争になるかもしれません！　平和を尊ぶそのご意志は立派だとは思いますが、どうか、両国の安寧のため、国に戻っていただけませんでしょうか？」

ヴィクトルが考えた文をそのまま言っているだけだが、コレットだってその気持ちは一緒だ。プロスロク王国に留まって命を狙われ続けるより、国元に帰ったほうがステラにとっても、この国にとっても良いに決まっている。

コレットの言葉にステラは先ほどまでの浮ついた表情を収めると、視線を下げた。

「コレット様のおっしゃることも重々承知しております。ですが……」

「ステラ様がここにおられることで、防げる争いもあるはずです。ステラ様が無事でここにおられる限り、プロスロク王国とグラヴィエ帝国の間で戦争は決して起こらないでしょう」

ステラの言葉を遮るようにしてそう言ったのは、後ろに控えたポーラだった。彼女は背筋を伸ばしながら、凜とした表情でコレットとヴィクトルを見据える。

「もし、皇帝がむやみに戦争を起こそうとしても、ステラ様の身がこの地にある限り、他の国々から非難が出ることは間違いありません。そして、今のグラヴィエ帝国にそれを突っぱねるだけの体力は残っていない」

「皇帝が戦争を起こしたいがために、ステラ様をここに寄越したのかもしれませんよ？」

「だとしても、ステラ様が殺されなければ何も問題はありません」

結局、議論は平行線のまま決して交わることはなかった。

コレットはヴィクトルと共にとぼとぼと廊下を歩く。その足取りは重く、肩も沈んでいた。

「なんか、ステラ様自身よりもポーラの方が手ごわそうよね。結局、ステラ様とはほとんど話せなかったし……」

「だとしても、説得するべきはお姫様だよ。主の決定に侍女は逆らえないものだからね」

「それはわかっているんだけど……」

ポーラの頑なさに、げんなりと頬を痩けさせるコレットである。

そんな彼女とは対照的に、ヴィクトルはニコニコと機嫌が良さそうだ。

「このままだと、コレットは俺の婚約者のままだね。結婚式でのドレスはどんなのが良いかな？」

「……死ぬ気で説得するわ。婚約者なんかに収まってなるものですか！」

「ん、頑張って。俺は式の日程を調整しとくからね」

「というか、馬鹿なことばっかり言ってないで、アンタもちょっとは頭を捻りなさいよ!!」

のんきな顔で冗談を言うヴィクトルを叱りつければ、彼はやっぱり微笑んだまま「コレットよりは考えているつもりだから、安心して」と軽口をたたく。

そんな、ある種いつものやりとりを繰り返しているときだった、廊下の先から良く通る声が二人の耳朶を叩いた。

「こんにちは。君がコレット・ミュエールかな？　初めまして、戦姫様」

廊下の先から現れたのは一人の優しげな青年だった。

まるで天使のようなブロンドにヴィクトルのものより薄い青の瞳。顔もどこかしらヴィクトルと似ているが、その容姿の整い方はまるで太陽と月のように対照的だ。鋭利な冷たさを持つヴィクトルに対し、彼は暖かい日の光のような雰囲気を纏っていた。

彼は優しげな笑みを浮かべて二人に近づいてくる。

ヴィクトルはその姿を視界に入れて、低く唸った。

「……兄上」

「え？　ヴィクトルのお兄さんって、ことは……王太子⁉」

「いかにも。私はアルベール・マルティン・プロスロク。ヴィクの異母兄だ」

まさかここでヴィクトルの兄である王太子が出てくるとは思わなかったのだろう。裏表のない優しげな笑みに、コレットは「はぁ」と呆気に取られた声を出した。

その隣でヴィクトルはあからさまに顔をしかめる。

「……兄上、何しに来たんですか？」

「いや、可愛い弟の婚約者殿にまだ挨拶していないと思ってね。捜していたんだよ」

弾むような声を出し、アルベールはコレットに近づく。

「噂は聞いているよ。まさか、戦姫と呼ばれた女騎士が、こんなに可憐な女性だなんて思わなかったな。びっくりだ」

「あ、ありがとうございます」

「こんな弟だけれど、本当はとっても優しい子なんだ。仲良くしてやって欲しい」

そう言って、彼は右手を出してくる。コレットが迷いながらも苦笑いでその手を取ろうとした、そのときだった。

彼女の手を弾いて、ヴィクトルがアルベールの手を取った。そして、いつもの何を考えているのかわからない笑みを浮かべる。

「いくら、アルベール兄上だろうと、俺の婚約者には触らせませんからね」

「ふ、嫉妬深いと嫌われるぞ。……まぁいい、挨拶はすんだ。私はもう行こう」

どこからどう見ても仲の良い兄弟のやりとりに、コレットは先ほど見たヴィクトルのしかめっ面を思い出して、目を白黒させた。

アルベールはそのまま廊下の向こうに消えていく。あっという間の邂逅に頭があんまりついていかないコレットは、その背中を見送りながら目を瞬かせていた。

「コレット、兄上には気をつけて」

「……なんで？」

「理由は言えないけど、気をつけて欲しい。特に二人っきりで会ったりしたらダメだよ」

いつもの笑顔はなりを潜めて、彼は真剣な表情でそう言った。

コレットはそんな彼の表情の変化に身を引きながら、首を捻る。

「なによ。あんな優しそうなお兄さんと喧嘩でもしているの？」

「ま、そんな感じかな？　ほら、コレットまで意地悪されちゃダメだろ？」

「するような人には見えなかったけど……」

「そう見えなくても、これだけは守って。……じゃないとお仕置きだから」

ヴィクトルの声色が明らかにコレットをからかうものへと変わる。

楽しそうな口ぶりにコレットは身を硬くした。

「お、お仕置きって……何する気よ!?」

「それはそのときのお楽しみかな？」

ヴィクトルはコレットの頬に手を這わせた。

瞬間、コレットは飛び上がる。

「ひゃぁっ!!　ば、ば、ば、ばかっ!!　痒くなるでしょうが!!　あーもー、最悪っ！」

「うーん、まだダメか」

自分の手とコレットの頬を見比べ、ヴィクトルはのんきにそう零した。

コレットは触れられた箇所に手を当てながら彼を睨みつける。

「まぁ、とにかく。兄上と二人っきりで会ったらだめだから。約束を破ったら……どうなるか想像つくよね？」

両手を広げるヴィクトルにコレットは「わかったわよ！」と怒声を上げるのであった。

第三章　一網打尽に致しましょう！

コレットがステラの護衛を始めてから早一週間が経った。

あの化け物のように大きな狼が現れてから、とりあえずまだステラは一度も狙われていない。

護衛といっても、コレットだって四六時中ステラにつきっきりというわけにはいかないので、他の護衛につく兵士達とローテーションを組みながら、任についていた。

コレットが護衛についているときのステラは饒舌だった。うっとりと瞳を潤ませて、耳まで真っ赤に染めながら、彼女は愛しのコレットに自分の話や質問などをして過ごしていた。最初はその勢いに引いていたコレットだが、可愛らしい容姿や必死な様子に絆されて、最近ではステラと話をするのが楽しいとまで思い始めていた。

皇女として教育を受けていたこともあり、彼女はコレットよりも博識だった。十歳の少女に知識面で劣るのは少々情けなくもあったが、最近まで敵国だった隣国の文化や知識は、コレットの興味を大いにそそった。

それに元々、コレットは子ども好きなのだ。

救済院にいる子ども達に比べればステラはだいぶ大人びているが、それでもコレットに必死に話しかけてくる彼女は年相応に可愛らしい。

そのおかげかどうか知らないが、最近ではステラに触れるだけでは蕁麻疹も出なくなってきた。

コレットは、その日も護衛を終わらせて部屋に戻ってきた。

前日の夕方から朝までの番だったので、ステラと話すこともない上に、徹夜である。救済院で規則正しい生活を送っていたコレットは、久々の徹夜にふらふらになり、自室にと用意された部屋の扉を開ける。

その部屋には当然のごとくヴィクトルがいた。

そして、彼の前にはティフォンが顕現している。

二人は向かい合わせでソファーに腰掛けながら、一枚の札を持ち、なにやら話し合いをしていた。

「じゃあ、やはりこの札のようなものは《神の加護》に関係するのか……」

「たぶんね。感覚的なことだから、人にはわかんないと思うけど」

ヴィクトルが持つ札には見覚えがあった。確か、ステラを襲った狼を倒したときに出てきたものだ。コレットは動かない頭でそんなことを考え、部屋に入り、扉を閉める。

「別に俺がわからなくてもいい。わかるティフォンが側にいてくれるからね。助かっているよ」

「ふふふ、そー言われると調子に乗っちゃうなぁ。ヴィクトルって人をおだてるのが上手いよねぇ。まぁ、ボクは人じゃないけど」

そんな話し合いをする二人の横をふらふらと通り抜けて、コレットはベッドに突っ伏した。

正直、眠たくて敵わない。

最近はステラを守るためにと、かつての騎士団仲間に頼んで演習にも参加させてもらっているのだ。二年ぶりの演習に、神経を使う皇女殿下の護衛。体力的にも、精神的にも、そろそろ限界が見えてきそうだった。

「コレットおかえりー！」

「お帰り。おつかれさま」

「はーい、ただいまー……」

二人のねぎらいの言葉にコレットは顔を枕に埋めたままそう答えた。

「ヴィクトルー。ステラ様を襲う人たちについて、何かわかったー？」

「なにも。唯一わかったことは、あの巨大な狼が《神の加護》を扱える何者かの仕業ってことだけだね。あと、その場にいた兵士の聞き取り調査と、それぞれの身元はもう一度確認したよ。……何も出てこなかったけど」

ヴィクトルの現状報告に、コレットはやっと枕から顔を上げる。

そして、気分の悪そうな顔を彼に向けた。

「《神の加護》ってことは、つまり王族ってこと？　アンタの親類縁者じゃない……」

「コレットみたいな例外を除いて、うちの国に限定するなら、そういうことになるね。もちろん、帝国の方にも《神の加護》を使える者は存在するからね」

その言葉にコレットはうーんと唸った。

《神の加護》はシゴーニュ大陸を分けている三国の王家にそれぞれ受け継がれている。シゴーニュ大陸は広大な大陸なので、他にもいくつか小さな国はあるのだが、その三国以外に《神の加護》を持つ王家は存在しない。そして、その三国にグラヴィエ帝国も含まれる。

コレットは欠伸を噛み殺しながら、何かを思い出すかのように天井を見た。

「確か、あの国で《神の加護》を使える人って皇帝だけでしょう？　戦争時に何度か邪魔しに来たから覚えているけど、あの人の力ってあんな感じのヤツじゃなかったんだけど……」

コレットの見た皇帝の力は、一部分の天候を操るというものだった。一部分というのは本当に一部分で、四方千メートルもない範囲だ。

しかも、皇帝がその近くにいないといけないという制約付きである。

天候というのは嵐でも雷でも何でもありだったので行軍にはかなりの支障を来したが、いざ決戦時となるとあまり関係がなかった。なにせ、その能力には敵味方など関係なかったのだから……。

「それが、うちの王家の方もあんな感じの能力者はいないんだよ。父上も兄上もルトラスも黒い狼なんて扱えない」

「えぇー……」

犯人捜しが難航している現状を聞かされて、コレットは頰をげっそりと痩けさせる。

とりあえず、一番に確保しなくてはならないのがステラの安全なのだ。そのために今回の犯人は早い段階で確保しておきたい。

そしてできうるのなら、そこからは芋づる式に黒幕まで辿り着きたいところである。

「コレットみたいな例外が現れたか、帝国がもう何人か能力者を隠しているか……」

「それなら、戦争のときに出してくるんじゃない？」

少なくとも戦争時、コレットは皇帝以外の能力者を見ていない。

コレットの指摘にヴィクトルは顎をさすりながら、「うーん」と唸る。

「どうかな。《神の加護》は十二歳前後で出てくるものだけど、遅れた例がないというわけではないし。戦争が終わった後に、あそこの皇子がなにかしらの能力に目覚めた可能性もある。それに、皇帝は相当な女好きという噂もあるしね。他に子どもがいないとも限らない」

「……それなら、今度ステラに何か聞いてみるわ。怪しい人がいなかったか、とか、帝国の《神の加護》について……」

「よろしく頼むよ」

返事の代わりにコレットは片手を上げた。

もう、王子様とかそういうのは関係なしだ。失礼だろうが、知ったことではない。

ヴィクトルはそんな彼女の寝ているベッドに近づくと、その縁に腰を下ろした。

ティフォンはいつの間にか姿を消している。

「コレットはお姫様の説得、成功したかい？」

「……無理」

コレットは沈んだマットレスの方を見ながらそう零した。

そして、まるで爆発するかのように声を吐き出し始めた。

「そもそも、そういう話になったときにステラ様と話せない！　ポーラのガードが固すぎるのよ!!　ステラ様もそういう話になったときはだんまりだし……」

「そうか。……全く期待してなかったけど、おつかれさま」

「そこは少しぐらい期待しなさいよ!!」

にこりと笑う彼にコレットは吠える。

ヴィクトルは彼女の言葉に一瞬考えるような間を置いて、更に笑みを強くした。

「それじゃ、お仕置き」

「は？」

「期待していたのに、裏切られたからお仕置き」

「な、なんでそうなるのよ!!」

　コレットはベッドから跳ね起きた。

　そして、いつの間にかにじり寄っていたヴィクトルから脱兎のごとく距離を取る。

「別に変なことをしようってわけじゃないよ。ただ、俺に慣れてもらおうと思って。ほら、コレット手を出して」

「いーやっ！」

「ステラ様も触れるようになったんだし、俺とも手ぐらいなら繋げるんじゃないかな？」

　壁際に逃げたコレットを追い詰めて、ヴィクトルは手のひらを差し出す。

　コレットは壁伝いに逃げながら、声を震わせた。

「嫌だって！　ヴィクトルと手なんか繋いだら、絶対痒くなる!!」

「そんなんじゃ、俺と結婚できないよ？」

「そもそもする気がないわよ!!」

　まるで手負いの獣のようにコレットはヴィクトルに唸り声を上げる。

　ヴィクトルはそんな彼女の行動に、楽しそうに笑った。

「嫌がるコレットって可愛いね。好きだよ」

「嬉しくないわ!!」

「コレットと一緒にいると心が躍るようだよ」

「私はちっとも躍らないけどね!!」

どちらかといえば、手のひらの上で踊っている感じである。

嗜虐趣味の王子様から逃げながら、コレットは悲鳴のような声を上げる。

「もーやだ！　もっと、まともに好いてくれる人が良い!!」

「俺はまともだよ。少なくとも俺の中では」

「アンタがまともなら、まともじゃない人間はこの世からいなくなるわよ!!」

コレットはぐるぐると広い室内を逃げ回り、ヴィクトルは彼女を楽しそうに追いかけまわしている。

とうとうコレットを追い詰めたヴィクトルはその手を差し出し、にっこりと笑った。

「ほら、俺たち協力しないといけない間柄だろう？　もし、有事のときに手も繋げなかったら、色々と大変じゃないか」

「そ、それは……、確かにそうだけど……」

「だろう？　俺はここから動かないから、コレットのタイミングで来てみてよ」

上手いことと乗せられた気がするが、ヴィクトルの言っていることも一理ある。

コレットは、ヴィクトルと天を向いた手のひらを何度か見比べて、渋々頷いた。

「じゃ、じゃあ……」

最初は躊躇うように手のひらに触れる。

　そして、何度か指先で彼の手を確かめると、恐る恐る自身の手のひらを彼のものに重ねた。

「平気、かな？」

「……かしら？」

　ぴったりと重なった手のひらを見て、ヴィクトルは嬉しそうに微笑んだ。

　コレットも嬉しそうとまではいかないが、まんざらじゃないような顔になる。

（まぁ、もう王子様って感じじゃないものね……）

　コレットはその手のひらを見て、自分達の関係性を思った。

　ヴィクトルとは友人ではないが、良く会う知り合いぐらいの関係性は築けていると思う。

元々悪い人間ではないのは知っているし、彼自身が飾らず気さくに話しかけてくれるのもその要因だろう。まぁ、多少遠慮して欲しいところも、あるにはあるのだが……。

　コレットがそんな生暖かいことを考えていると、急にヴィクトルに手を取られた。そして、強く引かれる。気がついたときには、彼女はもう彼の腕の中にいた。

「それなら、これは？」

　楽しそうに聞いてくるヴィクトルの声を聞きながら、コレットは全身が粟立っていくのを感じた。

「ぎゃあぁああぁぁ!!」

　女らしくない叫び声を上げてコレットは彼を突き飛ばす。

そして、彼の彫刻のような綺麗な顔に平手をお見舞いした。

「で、どうしよっか？」

「アンタ、よくそのテンション続けられるわね……」

頬をもみじ形に腫らしたヴィクトルは、笑顔のままコレットに話しかけてくる。

一方のコレットは身体中を掻きながら部屋の隅で小さくなっていた。

「ステラ様のこと、本気でどうしようか悩んでいるんだけど、コレットには良い案ないかな？」

「良い案なんてないわよ。元々、頭使うの好きなわけじゃないし……。戦争のときだって言われるがまま戦っていただけだし……」

「んー。どうしよっかなぁ」

ヴィクトルは顎をさすりつつ、悩ましげな声を出す。

そんなヴィクトルを見上げ、コレットは唇を尖らせた。

「それなら一つだけ。案とか、作戦じゃなくて、要望だけど……」

「要望？」

「一発でケリを付けたい」

「一発で？」

ヴィクトルがオウムのように返した言葉にコレットは首肯する。

そして、ぐっと力の込めた拳を胸元に掲げる。

「このままだと私の体力とか、精神力が持たない!!　こう、ガーッと襲いかかってくれないかしら！　そういうのを一網打尽にする方がまだマシ!!　というか、そっちの方が断然良い!!」

「そっちの方が楽なんだ？」

「……護衛って結構精神力使うのよ？」

コレットがそう言うと、ヴィクトルは「そういうものか」と呟いた。

どうやら、彼の中では襲いかかってきた敵を一網打尽にするより、護衛の方が疲れないことになっていたらしい。

それもそうだ。彼は本来守る側ではなく、守られる側の人間なのだから……。

コレットの要望を聞いて、ヴィクトルは何か思いついたのか、一つ頷いた。

「コレットってば本当に猪突猛進だね」

「……それ、褒めてないでしょ？」

「猪の肉は美味しいって聞くよ？」

「た、食べるの？」

コレットのひっくり返った言葉にヴィクトルは何も答えない。

その代わり、彼は晴れ晴れとした声を出しながら、手を打った。

「まぁ、それなら、少し作戦を練ってみようか」

「作戦？」

「そ、作戦」

その笑みはいつもより頼もしく見えた。

プロスロク王国の王都、シャルダン。

そこは、プロスロク王国の経済の要にして、最大の都市。

東には学者の都・サジェス、西には聖都・アンセートルを抱え、シャルダンは色々な種類の人間が行き交う、交易の都として栄えていた。

そんな交易の都市では現在、収穫祭が開催されていた。

色々な人間が、色々な作物を金品に換えようとシャルダンに持ち込む。その活気に誘われるようにして、多くの大道芸人や剣闘士、学者や冒険家などがシャルダンを訪れていた。

熱気溢れる街の中を、ステラは四方を兵士に囲まれたまま歩いていた。

「まぁ、まぁ、まぁ、まぁ!! すごいですわ！ 素晴らしいですわ！ シャルダンは本当に活気が溢れていますのね！ 我が国でも、このように活気がある街は少ないですわ！」

彼女は興奮したようにそう言って、目を輝かせながら辺りを見て回る。

その後ろを付いて歩くのは、ヴィクトルとポーラに変装したコレットだ。

茶色のカツラを被り、侍女特有のエプロンドレスに着替えたコレットは、ヴィクトルの袖を引いて疑わしそうな声を出す。

「ねぇ、本当にこれで上手くいくの？」

「どうかな？ すごく古典的な手だけど、相手側からしたら、とても魅力的な条件だからね。引っかかってくれるんじゃないかな？」

ヴィクトルは口元だけ笑みを浮かべたまま、言葉を続ける。

「ステラ様は外に出ているし、コレットはいない。兵士の数はいつもと変わらないけど、辺りに人がいる分、暗殺する難易度はぐっと下がる。もし、コレットがポーラに変装しているって気がついても、相手はこの好機を逃したくないと思うはずだよ」

「そういうもの？」

「たぶんね」

ヴィクトルの言葉に、コレットは「ふーん」とだけ返した。

そして、その興味がなさそうな顔で辺りに不審者がいないか確認する。

暗殺者達がこんな見え透いた手に引っかかるとはあまり思えないが、それでも確かに城の中にいる彼女を狙うよりは遙かに難易度は低いだろう。

もう三回も失敗している暗殺に相手が焦っているとするならば、罠だとわかっていても飛び込んでくる可能性は十二分にある。

「まぁ、これで仕掛けてこなかったらこなかったで、そこまでの奴らだっていう判断材料になるから、それはそれでいいんだけどね」

「そこまでの奴らって？」

「なりふり構ってないってこと。そういう奴らは、上を止めるか、利益より被る不利益の方が多いってわからせれば自然と引いていくよ。雇われた傭兵とか、プロの暗殺者とかがそうだね」

ヴィクトルもコレットと同じように、視線を外に向けて冷静な声を出した。

一行はそのまま街の大通りを歩いて行く。

大通りは馬車が三台横並びで通れるほどの広い道で、人通りも多い。それでも兵士が一人の女の子を囲いながらぞろぞろと歩いていれば目立つのだが、通り過ぎる人達は一瞥するだけで、みんな興味は持っていないようだった。——なんというか、懐が深い街である。

「そろそろ、少しだけ人通りが少なくなるよ。高い建物も多いし、皆気をつけて……」

ヴィクトルが、そう忠告したときだった。コレットの後方から何かが飛んできた。

その何かは彼女の頬を掠め、目の前のステラの背中に深々と突き刺さる。彼女は小さな悲鳴を上げて、その場にくずおれた。

周りの人間が異変に気がついて、悲鳴を上げながらコレット達から距離を取る。

「――っ!!」

コレットは振り返った。背後に不審な人物はいない。

視線を上げれば、建物の一室から弓矢を構えている人間が目に入る。

「あそこねっ！」

彼女が駆け出そうとしたそのとき、正面を見据えていたヴィクトルが強く彼女の腕を引いた。

「コレット、上のは後まわしだ。あの付近には控えさせていた兵士もいる。今はこいつらを片付けるよ」

正面を向けば、顔を黒い布で隠した男達が目を血走らせ、にじり寄ってくる。

人数は五人。そして、斜め後ろからもう五人出てきて、合計十人。

こちらは兵士四人にコレットとヴィクトルの六人だ。

六対十。人数だけで言うなら、そこそこ分は悪い。

彼らはステラの命を確実に仕留めんと、それぞれにナイフや剣を構えている。

「気をつけて。またあの黒い化け物を出してくるかもしれない」

「わかってるわ」

倒れ込むステラを、ヴィクトルは守るように立つ。

「好きなだけ暴れていいよ。後のことは俺が何とかするから」

衆人環視の中、コレットが力を使うことを躊躇ってしまうと思ったのだろう。ヴィクトルの言葉にコレットは一つ頷いた。そして、カツラを取り放り投げる。

「アンタたち！　覚悟しなさいよ！」

それが開戦の合図だった。


戦いといっても、勝負はほとんど一方的なものだった。そう、コレットの一方的な攻撃だ。

彼女は剣を出さないまま、ティフォンの力で飛び上がり、蹴りや拳だけで相手を沈めていく。

通常の蹴りや拳ではあり得ないほどの衝撃に、黒い男達は反撃をすることも許されなかった。

周りの兵士は啞然と見ているだけか、倒れた相手を捕まえるのに忙しく、ほとんど戦いに参加できていなかった。

その様はまさに救国の戦姫。

味方の兵士までも震え上がらせたその攻撃は、戦争から二年経った今でも健在だった。

コレットは最後の一人を沈め終わると、頰についた泥を払いながらなんてことない表情でヴィクトルのところに帰ってきた。

「おわり」

「さすが俺のコレットだね！」

「誰がアンタのものになったのよ……」

コレットは否定をするのもめんどくさそうに返す。

そして、髪の毛を掻き上げつつ、地面に伸びている男どもに視線を寄越した。

「こいつらどうするの？」

「うちの国の法律に則った方法で色々と吐かせようと思っているよ」

ヴィクトルは明るく言っているが、ようは拷問である。

コレットは頬を引きつらせながら顔を青くした。そのときだった。

コレットの背後から黒い影が伸びる。

慌てて振り返れば、そこにはまたもや黒い巨大な生き物がいた。

「――蛇⁉」

「コレット！」

ヴィクトルはとっさに彼女を抱えて、真横に飛んだ。

ステラの真上に丸太のような巨大な蛇の尻尾が振り下ろされた。

土煙を上げて、巨大な尾が地面を打つ。

蛇の尾は何度も執拗にステラの身体を押しつぶした。普通の人間ならばただの肉塊になってしまうような力で、何度も念入りに、丹念に、入念に。

そうして、地面を窪ませるほど尾を叩きつけたところで、蛇は尾をゆるりと上げた。

「やばいわね、アイツ……」

コレットはヴィクトルの腕の中で蛇を見上げてそう零す。

ステラが無残な状態になったというのに、その顔には敗北感も悲壮感も見て取れない。

「コレット、なんとかなりそう？」

「どうかしら。私、蛇ってちょっと苦手なのよね……」

ヴィクトルの問いに青い顔で答えて、コレットは頬を掻いた。兵達は捕まえた者達をつれて路地裏に逃げ込んでいる。あの黒い化け物に通常の剣や矢が効かないことはわかっていたので、それが出た時点で逃げるようにと、最初から指示されていたのだ。

ステラを潰し終わった巨大な蛇は、赤い目を細めて次のターゲットを探す。

そして、コレット達を見つけ、長い舌をチロチロと出した。

「まぁ、そうも言ってられないわよね。……ティフォン！　いい加減起きて‼」

「はぁい！」

そう元気な声を出して起き上がったのは、なんと潰されたはずのステラだった。

彼女は背中の矢を自分で引き抜くと、軽快なステップで二人のもとへ跳んでくる。

「もー、ヴィクトルってば、酷くない？　ボクもちゃんと助けてよねー」

「いいじゃないか。君はああいうのじゃ傷を負わないんだろう？」

「そーだけどさー。こう、気分的に違うよねー」

まるで駄々をこねるようにステラがその場に座り込めば、彼女の身体は一瞬にしてティフォンのものへと変わった。

「やっぱりこの格好の方が落ちつくよね」

「いい演技だったよ」

ヴィクトルが褒めるようにそう言うと、ティフォンは頬を染めながら照れたように笑った。

その様子はどこからどう見てもただの子どもである。

ターゲットの皇女殿下が生きていた上に、いきなり見知らぬ少年へと変わったことに驚きを隠せないのだろう。縄に繋がれた暗殺者達は、隠れている路地からコレット達の方へ顔を覗かせ、皆一様に狼狽えたような顔つきになっていた。

そんな彼らにティフォンは舌を出す。

「本物二人はお城の中だよぉー！　残念でしたー！」

「ティフォン、挑発したらダメじゃないか」

「ちょっと、和やかに話している場合⁉　というか、なにこの状況⁉」

そこでようやくコレットは、ヴィクトルが自分を後ろから抱き留めていることに気がついた。

彼女は飛び上がるように彼の腕から抜け出すと、慌てて距離を取る。

「なにって、助けてあげただけだよ」

「それは、助かったけど……」

そんなやりとりをしていると、急に視界の端に留めていた蛇が動きを見せた。

コレット達には目もくれず、暗殺者達が隠れている路地裏に向かう。

「暗殺に失敗したから、次は口止めかな」

「させないわよっ！」

コレットはティフォンを素早く白銀の剣に変え、蛇の後を追うように跳ね上がった。

直後、コレットの目の前を鳥が横切る。

そのせいで失速したコレットは、地面に落ちてしまう。

「ちょっと、なんか邪魔されたんだけど!!」

見事に着地をしたコレットが見上げる先には旋回する鷲がいた。さほど大きくないが、数がひたすらに多い。

そのどれもが、やはりカラスのように真っ黒だった。赤い瞳も共通である。

「今度は鷲だね」

「あーもー!! 蛇だけで手一杯なのに!!」

コレットが地団駄を踏んだときだった。ヴィクトルが懐から何か取り出し、構えた。

そして、耳を劈く破裂音。瞬間、一番近くを飛来していた鷲が落ちた。

「これでも、撃ち落とすぐらいしかできないか。まぁ、トドメはさせなくても、これならなんとかなりそうだね」

「ヴィクトル、なにそれ……」

彼が懐から取り出したのは金属の筒だった。持ち手は木で作られており、緻密な彫り装飾もされている。

「外国の銃だよ。うちにもあるだろう？」

「銃は確かにあるけど……」

コレットだって銃くらいは知っている。長い鉄の筒から、鉄の弾が飛び出す武器だ。マスケット銃とも呼ばれる。

二年前の戦争時にもあったが、命中率が悪い上に、湿気にも弱い。火種は光源となり敵に見つかることもあったし、引火の原因となることもあった。

武器としての信用性があまりにも低く、戦争時にはあまり役に立った思い出がない。

しかし、彼が持っているのはコレットが知っているそれとはあまりにもかけ離れていた。

全体的に小さい上に、火種が見えない。マスケット銃は先から弾と火薬を詰める必要があり、一発撃つためには結構な時間がかかっていたのだが、ヴィクトルがそれをしている様子もない。

「うちより技術が進んでいる国があってね。少し前に手に入れたんだ。たまに試し撃ちをしていたんだけど、今回は役に立ちそうで良かったよ」

再び破裂音が轟（とどろ）いて、鷲が落ちる。

コレットはその光景を見ながら、彼が以前暴れる狼（おおかみ）の目を矢で撃ち抜いたことを思い出した。

（やけに弓矢が上手（うま）いと思ったら……）

弓矢と銃では勝手が違うのだろうが、それでも狙（ねら）うことに関しては同じだ。

もしかしたら彼は、元々そういうのが得意なだけかもしれないが。

「そんなに弾を持ってきてないから、片を付けるなら早くしてくれると助かるよ」

三発目を撃ちながら彼は言う。

幸いなことに、蛇は近くでする破裂音に混乱しているようだった。進みは止まり、しきりに首を左右に振（ふ）っている。

「わかっているわよ！」

コレットはそう叫（さけ）んで飛び出す。

彼女を止めようと、近くを飛んでいた鷲がコレットに襲（おそ）いかかった。しかし、その爪（つめ）や嘴（くちばし）が彼女に届く前に、鷲はヴィクトルに撃ち落とされてしまう。

コレットはそんな彼を頼（たの）もしく思いながら、剣を振り下ろし、蛇を真っ二つに切り裂（さ）いた。

石畳を水滴が打つ音が聞こえる中で、彼らは怯えるように身を寄せ合っていた。顔を隠すための黒い布は取り払われていて、皆一様に青い顔をさらしている。

そこは城の裏手に作られた牢屋だった。床も壁も冷たい石でできているが、用を足す場所や布のような薄い毛布はちゃんと用意されている。捕らわれているのはステラ暗殺に失敗した十一人。彼らは明日の朝から一人一人事情を聞かれることになっていた。

「な、なんでこんなことになっているんだ。簡単な仕事じゃなかったのかよ……」

「だから俺は嫌だって言ったんだ！　刑期を短縮してやるだなんて甘言に乗せられやがって！」

「お前だって一度は承諾したじゃねぇかよ！」

「そもそも、俺たちは何も悪いことしてねぇだろ！　なのに、やってもねぇことで捕まって、こんな……」

彼らは元々旅商人だった。いわれのない罪で捕まり、皇帝から刑期を短縮してやるからと、この仕事を持ち込まれたのだ。

一人の男を皮切りに、男達は次々と自分の思いを吐き出していく。中には身を震わせながら涙を流す者もいた。家族の心配をする者。自分の未来を憂う者。声を出さずに震える者。態度は様々だったが、それぞれに命だけは助かりたいという想いを持っていた。

そのためには祖国を裏切っても構わないとさえ――。

そんなとき、不意に足音が聞こえてきた。地下に作られた牢屋に通じる階段の方からだ。カツン、カツン、と規則正しくその音は地下牢にまんべんなく反響する。男達は顔を上げた。そして、下りてきた者の姿に息を呑んだ。

そこにいたのは、まさしく彼ら自身だった。彼らの影をそのまま立体にしたかのように肌は黒いが、間違いない。黒い男達は手にナイフを持っていた。赤い瞳が鈍く光る。

次の瞬間、男達の断末魔の叫びが牢屋の中に轟いた。

「はぁ!? 捕まえた人たちが死んだ!?」

足早に前を行くヴィクトルを追いかけながら、コレットは城の廊下で声を荒らげた。

彼の眉間には珍しく皺が寄っていて、後ろから駆け足でついてくるコレットを一瞥もすることなく、焦ったように歩を進めている。

「ラビが持ってきた報告書では『隠し持っていたナイフで、互いが互いを殺し合っての自決』となっているが、真相は何者かによる口封じだろう。そもそも、持ち物の検査はちゃんと行っているし、ナイフを持ち込めるような隙はなかった！」

口早に喋る彼には、いつもの冗談めかした雰囲気は感じられない。

それもそうだろう。捕まえた暗殺者達を殺されたということは、持っていた手がかりのほとんどをなくしたと同義なのだから。

もし、暗殺者から『皇帝に頼まれた』という情報を上手く聞き出せたら、それをネタにステラを帝国に帰すこともできたはずだ。

しかし、殺されてしまっては元も子もない。

死人に口なし。まさに、その通りである。

「でも、牢屋の前に警備の人とか居たんじゃないの？　普通居るわよね？」

コレットはヴィクトルを駆け足で追いかけながら、狼狽えたように聞く。

「それが、昨晩警備についた者たちは今朝になってみんな居なくなっているんだ。恐らく殺されているんだと思う。まぁ、こっちは失踪に見せかけているから、死体さえ上がってこないだろうけどね」

「そんな……」

つまり、昨日の夜から今朝にかけて城に何者かが侵入したことになる。城の堅牢な警備をくぐり抜けられるほどの敵となれば、相手はよほどの手練れだろう。

そこで、コレットははたと思考を止めた。

城の堅牢な警備なら、もうとっくの昔にくぐり抜けられているのではないか、と。

最初の暗殺未遂はここに来る前だから違うだろうが、二番目の暗殺未遂は城の中で起こっている。ヴィクトルからの差し入れと言って毒の入った茶菓子が送られてきたのだ。三番目も同様に城の中。

つまり、もうとっくの昔に城の中には暗殺者が潜んでいたということである。

そして、捕まえた者達は城に出入りなどしたことがない連中ばかりだった。

コレットはその事実に顔が青くなる。

「ねぇ、ヴィクトル。私ちょっと気が付いちゃったんだけど、もしかして内部犯……」

「そうだよ。もしかして今気が付いた？　俺たちが本当に挙げなければならないのは、そっちの方だ。だから彼らに吐かせたかったのに……」

コレットが気付くぐらいのことは当然ヴィクトルも気付いていたようで、彼は悔しさを滲ませながら吐き捨てた。

「正確に言えば、城の中に侵入した者と外部の者とが連携を取っているんだろうね。ステラ様がこちらに来ることは結構前から決まっていたことだろうから、その間に最初の人物を城に潜入させて、後で殺された奴らを送り込んだ。……そんな感じだろう」

「じゃあ、ポーラも怪しいんじゃ……」

「当然、彼女は入城するときに調べているよ。でも何も出なかった。あの狼から出てきた札なんかが彼女の持ち物から出てきたら一発だったんだけどね。もちろん警戒を解いているわけじゃないから、ステラ様の近くには常に人を置くようにしているよ」

コレットは混乱し始めた頭を抱える。

一体、誰を信用して誰を疑えば良いのだろうか。ヴィクトルの話だと、かなり長期で練られている暗殺計画かもしれないということだから、戦争が終わってから城に勤めた者は全員怪しいということになる。

そんなコレットの頭の中を読んだのか、ヴィクトルが助け船を出してくれる。

「少なくとも、ステラ様の警備につかせている者たちは信用してもいい。もう何十年と城に勤めてくれている者たちだから。それと、ラビも」

「……それ以外は？」

「俺とコレットだけかな。それ以外は全員敵だと思ってくれて構わない。もちろんステラ様も」

その言葉にくらくらした。警護対象が敵というのは今までになかった事例だ。しかも、ヴィクトルの言葉が本当なら実質動けるのは、彼とコレット、それとラビだけだ。他はステラの警護やそれ以外の仕事もあるだろうし、自由にというわけにはいかない。

「本当に他にいないの？　戦争前と後で城の中が総取っ替えになったわけじゃないんだし！ほら、お偉いさんとかは、ずっとこの城に勤めているんでしょう？　その人たちなら……」

「どうだろうね。大臣たちの間に戦争賛成派がいないとも限らない。帝国と通じて悪巧み……はあまり考えたくない事態だけどね。とりあえず、信用する人間は限っておくのが一番だ」

コレットの悲痛な叫びに、ヴィクトルは冷静にそう返す。

なんだか大がかりめいた内政事情に巻き込まれている気がしないでもないが、コレットはすぐさま頭を切り換えた。――というより、難しいことを考えるのをやめた。

頭脳労働は昔からそんなに得意ではないのだ。

戦争のときだって、指示通りに切った張ったをしていただけだ。彼女は確かに常人では考えられないほどの戦闘能力を有していたが、作戦を考える者はまた別にいた。

「わかったわ。とりあえず信用するのはさっき言われた人たちだけにしとく。それで、今から私たちはどうしたらいいの?」

「今までと変わらないよ。ステラ様を守りつつ、彼女を殺そうとする人を一掃するだけ。それで、ステラ様を帝国に帰せたら全てが丸く収まる」

「わかった」

コレットはヴィクトルの言葉に一つ頷いた。

「とにかく、俺は地下牢の様子を見に行ってくる。死体が片付けられた後じゃ何もわからなくなるからね。コレットはステラ様の側についていて!」

ヴィクトルの声にコレットは首肯した。そして、踵を返そうとしたところで、ねっとりとした粘着質な声が耳朶を打った。

「これはこれは、ご機嫌麗しく、ヴィクトル様」

「リッチモンド公……」

そこには口元に白い髭を蓄えた老人がいた。

彼はヴィクトルの行く手を阻むように立ち、目を細めている。

その後ろには数人の文官が付き従っていた。

「今朝、牢屋で死人が出たみたいですな。それもヴィクトル様が捕まえた者たちということで……」

明らかに急いでいるヴィクトルを後目に、リッチモンド公は鷹揚な態度で言った。

そのどことなく責めるような響きに、ヴィクトルは僅かに目を細めると、相手を威嚇するような低い声を出した。

「そうだ。それを今から確かめに行く。だからそこを退いてくれないか？」

「おぉ！　そうなのですね。それはお邪魔をいたしました。……しかし、もう死体は片付けられましたよ？　牢屋も今清掃の者が入っております。一足遅かったですな」

ヴィクトルの言葉にリッチモンド公は大げさに驚いてみせた後、いやらしい含み笑いを皺の入った顔に浮かべた。それはどこからどう見てもヴィクトルのことを快く思っていない者の顔で、コレットはそんな二人の会話を見守りながら眉を寄せた。

リッチモンド公は貴族だろう。そのぐらいはコレットにだってわかる。リッチモンド公という呼び名もそうだし、彼の纏っている黒いケープも一般市民と言うには豪奢すぎるものだからだ。更に言うなら、こうやって城の中を自由に出入りしているという事実もある。

なのにもかかわらず、彼は王族であるヴィクトルを敬ってはいないようだった。

「今回はヴィクトル様らしくないミスですね。罪人の武器を取り上げていないとは……」

ヴィクトルの前を動くことなく、彼はそう続けた。

そんな彼にヴィクトルは剣呑な視線を向けた後、一つ息をつく。

「そうだな、俺のミスだ。だからこそ、死体は片付けられているかもしれないが、場所は見ておきたい」

リッチモンド公を押しのけるようにして、ヴィクトルは半ば強引に脇を通る。しかし、脇を通ろうとしたヴィクトルの腕を彼は摑んで止めた。

「そんなに点数稼ぎをしても、アルベール様が王太子なのは変わりませんよ。無能な貴方がいくら頑張ったところで、状況はこのままだ」

「何度も言うが、俺は別に上に立ちたいなんて思ってはいない。それは君たちの妄想だよ。それに俺は無能だからこそ、こうやって身を削ることで民に何かを返したいと思っているんだ」

「はっ、ご冗談を。貴方がそういうたまですか。ご自分のせいで母親が幽閉されているというのに、顔色一つ変えずにのうのうとしている貴方が……」

明らかに侮蔑の籠もった声色で言われて、さすがのヴィクトルも眉間を窪ませた。

「貴方にどう思ってもらおうとも構わない」

視線を合わせることなく、吐き捨てるようにヴィクトルが言うと、場の空気が凍った。リッチモンド公の後ろに控えていた文官達も身を寄せあって身体を震わせている。

そんな緊張しきった場を壊したのは、それまで沈黙を貫いていたコレットだった。

「ちょっと！　いい加減、手を放しなさいよ！」

コレットはリッチモンド公の手首を掴み、上に捻り上げた。そこまで力が入っているわけではないので痛みはないだろうが、コレットの予期せぬ行動に彼はヴィクトルの腕を放した。

「コレット？」

「なんだね、君は……」

驚きで目を瞬かせるヴィクトルと目を眇めるリッチモンド公を正面に見据えながら、コレットは仁王立ちで腰に手をやった。その姿は威風堂々としている。

「なんかよくわからないけど、人が急いでいるっていうんだから、そこ退きなさいよ！　それともそういう嫌がらせをして喜ぶような小物なわけ？　ヴィクトルもこんな因縁つける人に付き合わなくても良い！　どうやったって自分のことを嫌いな人っていうのは一定数いるものよ！　そういう人は放っておけばいいの！　どうせ、かまってちゃんなだけなんだから！　思考が子どもなのよ！」

「かまって……ちゃん……？　こども……？」

まるで初めて受ける屈辱かのように、リッチモンド公は目を大きく見開いた後、顔を真っ赤に染め上げた。

「お前はっ！　誰に向かって口をきいていると思ってるんだ!!」

「知らないわよ。私たち、初対面でしょ。それともアンタのことを知ってないと駄目な法律でもあるわけ？　それとも、知っていて当然って思っているわけ？　なんか、ガキ大将みたいね、アンタ」

乾いた声でコレットは言い放ち、腕を組む。すると、彼は更に気炎を上げた。

「たかが、一騎士が公爵たる私になんたる不敬なっ！　私の兵をお前に差し向けても良いんだぞ!!」

「お好きにどうぞ。貴方の兵に負けるとは思えませんが」

「おもいあがりおって――っ!!」

コレットの姿はいつもの男騎士姿のままだ。リッチモンド公はもちろん戦姫の噂は知っているだろうが、それが目の前の彼とは繋がらないらしい。

リッチモンド公は怒りで身を震わせながら、コレットの腕を取ろうとする。その腕をひらりと躱して、彼女はヴィクトルの手を取った。

そして、彼を先導してずんずんと歩き出す。

「ちょ、コレット!?」

「さっさと歩く！　早くしないと証拠が全部なくなっちゃうわよ！」

目を白黒させるヴィクトルを引いて、コレットはその場を後にしたのだった。

「リッチモンド公にあそこまで言う人、初めて見たよ」

ヴィクトルはコレットに手を引かれたまま笑いをかみ殺していた。

下を向いて肩を震わせている彼に、コレットは振り返る。

「何？　やっぱりあの人お偉いさんだったの？　マズいことしちゃった？」

コレット的には言いたいことを言ってスッキリしているのだが、今後こういうことが尾を引いてヴィクトルに迷惑をかけては申し訳ない。

彼女の窺うような声にヴィクトルは微笑んだまま首を振った。

「いや。大丈夫だよ。今は役職がついている方じゃないからね」

「なのに、あんな偉そうなわけ？」

「まぁ、祖父の時代に宰相をしていた方だから、過去の栄光があるんだよ。それに、強硬派の中心人物でもあるしね」

さらりとそう言ってのけるが、それは結構な大物ではないのだろうか。一瞬、内臓が冷える心地がしたが、ヴィクトルは笑っているし、まぁ良いかとコレットは一人で納得した。

それよりもわからないことがある。

「ちょっと前から強硬派とか、穏健派とか聞くけど、あれってなんなの？　何に対して強硬な態度を取っているわけ？」

「主に外交のことかな。諸外国との間で起こった問題について、軍事で解決しようというのが強硬派。話し合いで解決しようというのが穏健派だ。父は穏健派なんだけどね、アルベール兄上が強硬派なんだ」

「アルベール兄上って、あの優しそうな人よね……」

コレットは一度会っただけの天使のような微笑みを思い浮かべて首を捻った。どうにも彼には強硬派という言葉が似合わない。顔だけで言うなら、根っからの穏健派に見える。

そんなコレットの心を読んだのか、ヴィクトルも同意するように一つ頷いた。

「兄上は元々は穏健派だったんだけどね。戦争が終わったと同時に強硬派に鞍替えしたんだ」

「それって、穏健派の人たちから反発は起きなかったの？」

「穏健派の人たちは、元々穏健派だったアルベール兄上が強硬派に行ったことにより、彼らを抑制してくれるものだと考えているみたいだね。現にそういうことを言われた人もいるようだし……」

歩を進めながらも、ヴィクトルはその辺りを少しかみ砕いて説明してくれた。正直な話、そういった内情はコレットにはよくわからないものだったが、そういうものだろうと言われるがままに理解した。

「それで、ヴィクトルが穏健派だから、ああやって嫌がらせみたいなことされているの？　あと、王位を狙っているとか……」

「俺は別に穏健派だと宣言したつもりはないし、本当に王位も狙ってないんだけどね。まぁ、そういうことになるのかな」

そう言って頷いたヴィクトルに、コレットは「ふーん」とだけ返す。

他にも彼の母親が幽閉されていることとか、無能云々についても尋ねたかったが、さすがにそれは踏み込みすぎだろうと自重した。必要が出てくれば、きっと彼は話してくれるはずだ。

「それにしても、なんかヴィクトルって苦労しているのね。ああいう変なヤツに絡まれているし、結婚相手は好きなように決められないし。王子様ってもうちょっと楽な生活をしていると思っていたわ」

「そう？　コレットから見たら道楽息子の税金泥棒って感じなんだと思っていたけど」

「まぁ、確かに前はそう思っていたこともあったわよ。でも、道楽息子はあんな風に忙しそうにはしないでしょ？」

コレットがこの城で過ごすようになってから、ヴィクトルは片時も離れず彼女の側にいたわけではない。むしろ、離れている時間の方が多かったぐらいだ。

離れている間、彼が外交の責任者として仕事をしているのをコレットは知っていた。毎晩遅くまで、執務室の扉から灯りは漏れていたし、ラビが大量の書類を彼の執務室に持ち込むのも目撃している。

それでも彼は一日に一回はコレットの様子を見に来てくれる。それは、彼女が住み慣れない城で困っていないかどうか確かめてくれているようだった。

「私だって、貴族を皆敵視しているってわけじゃないわよ」

「そうだね。こうやって手も繋いでくれているし！」

にっこりと笑い、ヴィクトルは自身の左手を掲げてみせた。

その瞬間、コレットの歩は止まる。どうやら、このときまで自分がヴィクトルと手を繋いでいるということを忘れていたようだった。

「ほら、こうすると恋人みたいだ」

ヴィクトルは指と指を絡ませるように手を組み直して、更に笑みを深くする。

その様子にコレットは頬を僅かに赤らめた。そうして、今度はヴィクトルがコレットを引くような形になる。

「はーなーしーてー!!」

「いーや」

語尾にハートマークをつけながら、ヴィクトルは腕を引っ張るコレットを引きずり、牢屋を目指すのだった。

「結局、成果はこれだけってことね……」

コレットは自室に置いてあるソファーに深く腰掛け、破れた札をひらひらと泳がせる。それは、今朝牢屋で発見されたものだった。

札には見たことがない文字で何か書かれており、前に狼を倒したときに出てきたものにとてもよく似ている気がした。

机の上には二枚の似通った札が並べられていた。狼から出てきたものに、大蛇から出てきたもの。コレットが持っている札を合わせたら合計三枚。

コレットはその三枚を並べるようにして置くと、それぞれを見比べた。

彼女の目の前にはヴィクトルとティフォンが並んで腰掛けており、その後ろではラビが眼鏡の奥からコレットをじっと睨みつけていた。

「その札。貴女の成果ではなくて、私とヴィクトル様の成果ですからね！　私がヴィクトル様の指示で、いち早く動いて証拠を確保したから、燃やされずにすんだんです！　コレットさんは何もしていませんからね！　何も！」

「そんなことわかっているわよ」

目を怒らせるラビにコレットは呆れ顔でそう返す。

コレット達が牢屋に着いたとき、もう証拠は何も残ってはいなかった。遺体はすでに燃やされており、牢屋も綺麗に清掃が終わっていた。その様は元々牢屋が使われてさえもいなかったかのような徹底ぶりで、コレットはそれを見ながら深く項垂れた。

そんなとき、ラビがこの札を持ってひょっこり顔を覗かせたのだ。どうやら、足止めを食らってしまうことを予見して、ヴィクトルがあらかじめ彼に指示を出していたらしい。

「もう何枚かありましたけどね。持ち出せたのは一枚だけで、後は全部燃やされてしまいました。すみません」

「いいや、十分な成果だ。ありがとう」

ヴィクトルのねぎらいに、ラビは嬉しそうに頬を緩ませた。

「それで、この札のことなんだが、前にティフォンは《神の加護》に関係があるものだと言っていたね？」

「うん。言ったねぇ」

可愛らしい声で一つ頷きながら、ティフォンは足をぶらつかせる。

「それで、一つ質問なんだが《神の加護》は何かに移して持ち運べるものなのか？　たとえばこの札に力を移して、誰でも使えるようにする、というような使い方は……」

「うーん。どうかなぁ。そういうのって各々の個性みたいなところがあるからね。そういうことができる子もいれば、できない子もいるし」

顎に指先を当てるようにして、ティフォンはうーんと唸った。

一概に《神の加護》といっても、それぞれに特徴があるようだ。それに、ティフォンが現在、存在する《神の加護》全てを知っているとも限らない。

「それなら、ティフォンはどうだ？」

「ボク？　できるに決まっているでしょー！　だってボクだよ！　ティフォンちゃんだよ！」

胸を反らしてティフォンは自信満々に言う。

その言葉にいち早く反応したのは、質問したヴィクトルではなかった。

「え？　ティフォン、そんなこともできたの？」

コレットは初めて知ったとばかりに目を大きく見開いて、驚愕の表情を浮かべていた。

六年間一緒にいて、初めて知る真実である。

「能力を物に付与するって感じでしょ？　うん。できるよー！　でも、その反動は全部コレットに返ってきちゃうから気を付けないとだめだよ？」

「そうか。つまり、そういうものがあれば誰でも《神の加護》を使うことができると……」

「まぁ、そういうことかなー」

ヴィクトルの問いに元気に答えて、ティフォンはソファーの座面に仰向けで寝転がった。そうして盛り上がった肘掛けを踵で蹴るように足をばたつかせる。

ヴィクトルはその隣で何やら考えている様子だった。

そのとき、コレットの部屋の扉が叩かれた。それと同時におっとりとした声がかかる。

「失礼します。コレット様、おられますか？」

「あ、はーい！　ポーラ、どうしたの？」

扉を開けるとそこには、ステラの侍女であるポーラがいた。彼女は薄く笑いながら部屋の中を見回す。その顔は少し血の気が失せているような感じがした。

「ステラ様がコレット様と一緒にお茶会を開きたいとおっしゃっているのですが、いかがでしょうか？」

「お茶会？」

コレットがまるでオウムのように言葉を繰り返していると、ポーラの陰からひょっこりと何かが顔を覗かせた。ステラだ。よく見れば彼女達の後ろには護衛の兵士が見て取れる。

ステラは輝く笑顔をコレットに向けると、その手を取って自分に引き寄せた。

「コレット様！　ご一緒にお茶会いたしましょう！　よろしかったら皆様も！　祖国から美味しい茶菓子が届いたのです！」

『茶菓子』という単語に、コレットの肩は跳ね上がった。

「それなら行ってみたいかも……」

「本当ですか？　まぁまぁまぁ！　嬉しいです！　とっても嬉しいです！」

今にも踊り出しそうなステラに、コレットの表情も緩む。

こういうところは本当に、ただの十歳の女の子だ。

興奮したようなステラの頭を撫でながら、コレットは振り返った。

「ヴィクトルはどうする？　一緒に行く？」

「お誘いはありがたいけど、また今度にしようかな。俺は少し考えたいこともあるしね」

「そう、わかった！」

「ヴィクトル様が行かれないのでしたら、私も遠慮させていただきます」

「……ラビさんは誘ってないでしょ？」

「なっ!!」

コレットの思わぬ返しにラビは顔を赤らめて固まった。

恥ずかしいやら、怒りやらで、身体を震わせるラビを見ながらコレットはくすくすと笑う。

「コレット。またいつか一緒にお茶会しようね。そんなにお菓子が好きなら、今度とっておきのを用意してあげるから」

お菓子よりも甘ったるくヴィクトルが笑えば、コレットはそれに満面の笑みを返した。

「ほんと!?　嬉しい！　楽しみにしている！」

無邪気に喜ぶ彼女を見て、ヴィクトルは目を細める。

「それではコレット様、行きましょう」

ポーラが促すと、ステラがコレットの手を取った。手を繋ぐ二人は、どこからどう見ても仲の良い姉妹のようで、とても微笑ましかった。

「ちゃんと毒味役が食べてから、コレットも手をつけるんだよ？」

「はーい！」

そう言いながら、彼女は手を振ったのだった。

「コレットさんとずいぶん仲良くなったみたいですね」

その声の主はラビだった。コレットの消えた部屋でヴィクトルはまだソファーに腰掛けたまま、立っている彼を見上げる。彼女が消えると同時にティフォンも姿を消しており、二人はなんとも言えない沈黙の中で見つめ合っていた。

「貴方がご婦人をお茶会に誘うだなんて初めて見ましたよ」

「……そういえば、そうだな」

「……まさか本当にコレットさんのことが好きとか言い出しませんよね？」

少しの沈黙の後、ヴィクトルはやはりいつもの感情の読めない笑みを浮かべた。

「コレットのことは好きだよ。ああいう素直な女の子って可愛いよね」

「そういう好きじゃなくてですね……。まぁ、いいです！　そろそろ執務室に戻ってください！　私は先に戻っていますからね！」

ぴんと背筋を伸ばして、ラビも部屋から出て行く。

彼の背中を見送って、ヴィクトルはソファーに深々と腰かけた。

「どうなんだろうね……」

その言葉は、珍しく歯切れが悪かった。

捕まえた暗殺者達が殺されてから二週間。コレット達は比較的平和な日々を過ごしていた。

城の中に潜んでいるだろう暗殺者も動くことはなく、ステラの周りは平穏無事。

ヴィクトルの話だと、何度も暗殺に失敗したことから、暗殺者達も慎重になっているのだろうということだった。もしかしたら数ヶ月単位で動かないかもしれないというのだ。

そんなぬるま湯の日々を謳歌していたコレットだったが、彼女にはどうにも気がかりなことがあった。

「救済院に帰りたい？」

「帰りたいっていうか、顔を見せたいって感じかな。もう一ヶ月以上もこっちにいるからどうなっているか気になっているし、色々と急だったから子どもたちも心配で……」

ヴィクトルの執務室で、コレットは言いにくそうに胸の前で指先を合わせていた。ここに来てから何度か、ラビ経由で救済院と手紙のやりとりはしているものの、膠着状態が続いているなら一度帰っておきたいというのが彼女の本心だった。しかも、この状態があと何ヶ月続くかわからないというのだから尚更だ。

書類にペンを走らせていたヴィクトルはそんなコレットを見上げると、うーんと唸る。

「ステラ様の近くにはティフォンも置いておくつもりだし、何かあってもある程度は対処できると思うの。ダメかしら？」

いつになく殊勝な態度のコレットに、ヴィクトルは少し考えるようなそぶりを見せた後、手に持っていた羽根ペンを置いた。そして、柔和な表情を浮かべる。

「うん、良いよ。思っていた以上に長丁場になってきそうだしね。子どもたちが心配だっていうコレットの気持ちもわからなくもないし」

「ほんと⁉」

「あぁ。何かあればティフォン経由ですぐわかるんだろう？　それなら、明日にでも救済院に顔を見せに行こうか」

断られることも覚悟していたのだろう。ヴィクトルの言葉にコレットは嬉しそうに頬を引き上げた。


そして、次の日……。

「で、なんでアンタがここにいるのよ……」

「いやぁ。この機会にコレットとデートでもできないかなぁって思ってね」

悪びれる風もなく言って、ヴィクトルはコレットの手を取りにっこりと微笑んだ。もちろん指と指を絡ませるような手の繋ぎ方である。もうさすがに手を握られたぐらいでは蕁麻疹も出ないのだが、なんだか顔が火照ってくるような心地がして、コレットは彼の手を振り払う。そして腕を組み、胡乱げな顔で彼を見上げた。

「……ヴィクトル、本音は？」

「大蛇が現れたところが気になってね。もう一度調べてみるのも良いかと思って。何か手がかりも欲しいし」

「……そんなことだろうと思ったわよ」

肩の力を抜きながら息をつく。

いつも忙しそうにしている彼が、コレットとデートをするためだけに街に出るなんてあり得ない。彼女は短い付き合いの中でヴィクトルのことをそう理解していた。

軟派なところも、腹の中が読めないところもあるが、彼は基本的に真面目だ。

そんな彼のことが前より好ましく思えるのだから不思議である。

コレットは組んでいた腕を解くと、そのまま彼の背中を優しく叩いた。

「それなら、手伝ってあげるわよ。もちろん、救済院に顔を出してから、だけどね」

「ふふふ、コレットならそう言ってくれると思っていたよ」

最初からそれが目的だったと言わんばかりに、ヴィクトルは彼女の言葉に機嫌良く笑った。

そうして、微笑みながら彼女の頬にかかる髪をそっと掬って耳にかけた。

「でも、コレットと出かけたいというのも本当だよ？　ほら、なんだかんだいって二人で出かけるのは初めてじゃないかな？」

「……まぁ、そうね」

　頬に当たった指先にコレットは少し身を硬くした。頬がほんのりと火照りだす。

「もう収穫祭は終わってしまっただろうけど、それでも大通りの辺りにはまだ余韻が残っていると思うし。コレットが嫌じゃなかったら一緒に見て回ろうよ。そのついでで、あの大蛇のことも調べてくれればうれしいかな」

「ヴィクトルって、そういうところは本当にちゃっかりしているわよね」

「ほら、一人で調べるより、二人で調べたほうが効率もいいしね。……コレット、付き合ってくれるかな？」

「……仕方ないわね」

　困ったように笑いながら、コレットは一つ首肯した。

　結局、子ども達にお土産を買いたいと、コレット達は先に街の方に来ていた。大通り沿いは暗殺者を捕まえたときほどの活気はないものの、全体的に賑やか。コレット的にはむしろ人通りが少なくなっている分、歩きやすく辺りも見渡しやすかった。大蛇が暴れた辺りも、もう何事もなかったかのような様子になっていて、二人はぐるりと視線を巡らせた後、顔を見合わせた。

「何もなさそうね」

「まぁ、もう少し探してみよう。大蛇だけでなく、鷲の方も気になっていたからね」

あの日、大蛇は倒したが、逃げていく鷲の群れまでは追えなかった。ヴィクトルが撃ち落としたはずのものもなぜか居なくなっていたので、結局あの鷲が大蛇と同じものだったかどうかは確認できていない。

「あの鷲って、結構な数がいたわよね……」

「そうだね。二十羽以上はいたかな。……どうしたの？」

いきなり考え込んでしまったコレットに、ヴィクトルは不思議そうな顔をする。

「いや、あれがもし《神の加護》だとしたら、術者は相当疲れているだろうなぁって思ったの。私もあんな無茶苦茶な使い方したことがないから、なんとも言えないんだけどね」

「疲れている？」

ヴィクトルの言葉にコレットは頷いた。

「ティフォンが言うには、《神の加護》って生命力みたいなものを糧にしているらしいの。私も使った後とかは結構ヘトヘトになっちゃうし、あんな力の使い方をしたら倒れちゃうと思うんだけど……」

「生命力!?」

ヴィクトルはコレットの言葉に目を剝いた。彼女はなんてことない笑みを浮かべる。

「心配しなくても大丈夫よ！　生命力っていっても、そんな大げさなものじゃなくて体力と同じようなものだし！　使いすぎたら倒れちゃうけど、寝てれば治るもの！」

「だとしても……」

「本当に心配しなくても大丈夫なんだって！　十二歳の頃から使っているのよ。どのくらい使えばどのくらい疲れるかわかっているもの」

ヴィクトルの不安げな声をかき消すように、コレットはそう言って笑った。そして、頰を桃色に染めながら嬉しそうにはにかむ。

「ヴィクトルって変ね。私の《神の加護》が目的で求婚しているくせに、そういうのを心配してくれるんだもの」

「……そうだね。なんで俺は君のことをこんなに……」

その呟きはコレットに届くことなく、風の音に掻き消えた。

それから、二人は大蛇が暴れたところを手分けして見て回った。

しかし、結局その場所では何も見つかることはなかった。

結果、二人は諦めて子ども達へのお土産を買うことにした。

「いや、ヴィクトル。これまで買ってもらうのはさすがに悪い気がするんだけど……」

精肉店で干し肉を包んでもらいながら、コレットは困ったように言った。

ヴィクトルはそんな彼女を後目にさっさと会計を終わらせると、椅子の上に置いていた荷物を持ち上げる。

二人の両手はすでに大きな紙袋で占められており、その中には、お菓子におもちゃ、勉強用の小さな黒板数個に、紙とペン。足りていなかった服も何着か入っていた。

なので、先ほど購入した干し肉は届けてもらうよう約束を取り付けてある。

「気にしないで。コレットをこき使っているお詫びみたいなものだからさ」

「こき使っている自覚はあったのね……」

「まぁ、ほどほどには？」

キラキラの王子様スマイルを浮かべながらそう言うヴィクトルに、コレットは難しい顔つきになった。やはり、色々買ってもらったのを悪いと思っているらしい。

「やっぱり、少しは払うわよ。一応、仕事ってことでお金も貰っているんだし……」

「大丈夫だよ。しっかり働いて返してもらおうと思っているから」

財布を出そうとした手をやんわりと押し戻して、ヴィクトルは笑った。

そうして、抱え込んでいる紙袋を抱えなおすと視線を巡らせる。

「それよりも、コレットは何も買わなくていいの？　自分のためには何も買ってないようだけど。せっかく色々あるところに来たんだし、お金もあるなら自分の物のために使ったらいいんじゃないかな？」

　コレットも、ヴィクトルと同じように視線を巡らせる。目につくのは女性をターゲットにした煌びやかなお店だ。ドレスを売っているような高級衣装店から、可愛らしい小物を売っている雑貨屋まで、種類は様々である。

「私はいいわよ。別に欲しいものがあるわけじゃないし」

「本当にいいの？」

　ヴィクトルの言葉にコレットは首を振った。

「いいわよ。時間がもったいないし、見たら欲しくなっちゃうもの！」

　強い口調にヴィクトルは肩を竦めた。

「コレットがそう言うのなら、いいか。……それじゃ、今度は俺の買い物に付き合ってくれる？」

　ヴィクトルが入った店は女性物の小物や化粧品が売られているような雑貨屋だった。広い店内はキラキラと輝いていて目が痛くなるほど。香水だって何種類あるのかわからないぐらいだ。可愛らしいデザインの物から、綺麗めのデザインの物まで。コレットから見て、そこは宝箱のようなお店だった。

「わぁ！　可愛い!!」

　感嘆の声を上げ、コレットは小さなクマの人形に駆け寄った。

　目を輝かせる彼女にヴィクトルはふっと表情を緩める。

「コレットって、こういう女の子らしいものも好きなんだね」

「なによ。似合わないって言いたいの？　わかっているわよ！　騎士団時代にさんざん馬鹿にされたわ！」

苦々しい思い出にコレットは鼻筋を窪ませる。

そうして、クマに向かって伸ばそうとしていた腕をさっと引っ込めた。

ちなみに山のような荷物は店員が預かってくれている。

「誰に言われたの？」

「同僚たちに。たまたま一緒にここら辺歩いていてね。『演習ではあんなにおっかないのに、本人はこんな可愛らしいものが好きなんだもんなぁ』って大爆笑よ！　……どうせ私はおっかない戦姫様よ！　男装してもまったく違和感ないみたいだしね！」

アクセサリーや口紅に視線を滑らせ、コレットは口を尖らせる。

「まぁ、良いんだけどね。こういうの高いし……。似合わないのなら諦めもつくしね」

「じゃあ、こういうのも買ったことがない感じかな？」

手近にあった頬紅を手に取り、ヴィクトルは首を傾げた。なんだか、ヴィクトルの買い物ではなくて、コレットの買い物をしているような気分である。

「頬紅じゃないけど、戦争が終わった後の報奨金で口紅だけは買ったわ。……私も頑張ったし、これぐらいならいいかなって……」

「……口紅？」

「そうだけど……。別にいいでしょ、口紅ぐらい！　入れ物が可愛かったし、私だってちょっとだけだけど化粧とかに興味はあるんだから！」

ヴィクトルの表情をどう取ったのか、コレットは口を尖らせたままそっぽを向いた。恥ずかしいのか、目尻は真っ赤に染まっている。

「馬鹿にしたければすればいいじゃない。口紅だってもうすぐなくなっちゃうけど、次は買うつもりはないから安心して！」

「馬鹿にはしないよ。女の子が可愛らしいものを好きなのは普通のことだろう？」

「内心では、『こんなキツくて、いかつい女が!?』とか思っているんでしょう。別に隠さなくてもいいわよ」

「思ってないって」

拗ねたように顔を背けるコレットに、ヴィクトルは優しく声をかける。

「それに、むしろ可愛いものは似合うと思うんだけど」

コレットはヴィクトルの方を向いた。その頬は少し桃色に染まっている。

「……お世辞でも嬉しいわ。ありがとう」

はにかみながら彼女はそう言った。

「で、ここに何を買いに来たの？　ヴィクトルがこういうの好きなわけじゃないでしょう？」

男性物など売ってなさそうな店内を見回しながら、コレットは首を傾げた。

ヴィクトルが身につけている物や持ち歩いている物は大体シンプルなデザインが多い。装飾といっても、金が少しあしらわれている程度だ。執務室だって、王子様というわりには全体的にさっぱりとしている。それら全部が彼の趣味とは言わないが、店の中の商品のように色とりどりのキラキラとしたものが彼の好みということはないだろう。

「もしかして、女の人への贈り物ってこと？　……それって、私の知っている人？」

何故か怖々とコレットは聞いてしまう。ヴィクトルが誰に何を贈ろうが勝手だと思う反面、自分に求婚しておいて誰かに贈り物をするという事実がなんとなく気に入らない。

コレットの問いにヴィクトルは意地の悪い笑みを浮かべた。

「もしかして、コレットは気にかけてくれているのかな？　それってヤキモ……」

「違うわよ！」

冗談めかした声に、コレットはそう吠えた。

ヴィクトルは頬を染めながら睨みつけてくる彼女を、楽しそうに見下ろしている。

「安心して。俺はコレットを悲しませるようなことはしないつもりだから！」

「だから、そういうんじゃないって言っているでしょ！」

ますます頬を赤く染めて、コレットは否定する。どれだけ怒鳴られても当の本人はどこ吹く風といった感じで、品物を手に色々考えを巡らせているようだった。

「実は、身近な人に贈ろうと思っていてね」

小物入れを手に取りながら、ヴィクトルはそう言った。その言葉に、コレットは手を打つ。

「あっ！　もしかして、ヴィクトルって女の兄弟がいるの？」

「いや。兄弟は皆男ばかりかな」

「それなら、お母さんとか？」

「あの人は、こういうものは嫌うだろうね」

「そうなのね」

コレットは降参とばかりに頭を振った。これ以上、ない頭で考えていても仕方がない。それに、自分が知らない女性という可能性も大いにある。

胸に残るもやもやを振り切るように、コレットはわざと明るい声を出した。

「こういう小物があまり好きじゃないって、ヴィクトルのお母さんって、ヴィクトルと好みが似ているのね」

「いや、好みが似ているわけではないと思うよ。母は高価であればなんでも喜ぶような人だから。単純に、こういう店の物が嫌いってだけだよ。……まぁ、仮に母がこういった物が好きでも、今はなかなか渡せないだろうけどね」

「なんで？」

「幽閉されているから、かな」

ヴィクトルの笑顔にコレットは青くなった。そういえば、どこぞの公爵との言い合いでそんな話が出ていた気がする。

『ご自分のせいで母親が幽閉されているというのに……』

脳裏に蘇ってきたリッチモンド公爵の声にコレットは視線を彷徨わせた。

（わ、忘れていた……っ！　完全に忘れていた!!）

青い顔をするコレットとは対照的に、ヴィクトルは笑顔のままである。

コレットはすかさず頭を下げた。

「ご、ごめん！　忘れていて！　こんな感じで聞くつもりはなかったの！　ヴィクトルにとっては言いたくない話よね！　本当にごめん!!」

「あぁ。別に気をつかわなくても良いよ。皆、知っていることだしね」

本当になんてことない表情のまま、ヴィクトルは両手でコレットの顔を上げた。そうして、安心させるようにふんわりと微笑んでみせる。

「幽閉っていっても、母は側室だからね。部屋から出られないだけで酷いことをされているわけじゃないし、結構気楽なものだよ。ただ、何か差し入れようと思ったら、色々申請をしないといけなくてね。俺からと言ったら、きっと申請も通らないんじゃないかな」

「なんで……って、聞いてもいいやつ？」

窺うようにコレットがそう聞くと、ヴィクトルは先ほどよりも少し声色を落とした。

彼女はその声を聞き逃すまいと身を寄せる。

「母が捕まったのは、俺と共謀してアルベール兄上を王太子から引きずり降ろそうとした……」

「え!?」

「っていう嫌疑をかけられたから。結局は証拠不十分ってことになったんだけど、首謀者の疑いがかけられた母は『精神疾患の治療』という名目で囚われの身になったってわけ。まぁ、母も疑われるような性格はしていたしね。権力に固執していたのも本当だし、俺が《神の加護》を持って生まれていたら王太子になっていたのは俺の方だと、常々豪語するような人だったから……」

ヴィクトルの口調はどこか懐かしむようだが、話している内容は殺伐としている。

「それに、俺が《神の加護》を持って生まれてこなかったから、俺の本当の父親は国王じゃないんじゃないかという噂まで出てきてね。母は俺に当たるし、城での風当たりは強いし、色々と散々な時期もあったよ」

「……酷いわね」

コレットの呟きにヴィクトルは優しく微笑む。

その顔はもう何もかも乗り越えているかのようだった。

「お父さん……国王様はなんとかしてくれなかったの?」

ヴィクトルと話す国王はとても『いいお父さん』に見えた。彼の母親との関係はわからないが、あの国王がヴィクトルのためにと尽力しても不思議ではない。

　そんな想いを否定するかのようにヴィクトルはゆっくりと頭を振った。

「父は父である前に国王だからね。議会の決定には逆らわなかったよ。それに、二人は愛し合って結婚したわけじゃないから、情も薄かったんだろうね」

「そんな、家族なのに」

「家族、ね」

　思わず漏れたコレットの言葉に、ヴィクトルはそのとき初めて切なそうな声を出した。しかしそれも一瞬のことで、彼は瞬く間にいつもの微笑みを浮かべる。

「まぁ、多少の情はあるだろうけど、王族だからね。その辺は普通の家庭に比べたら乾いているかな。血の繋がりなんかなくても、コレットたちの方がよっぽど家族らしいよ。正直、少し羨ましいぐらいだ」

　からりと笑うヴィクトルは少しも無理をしているようには見えない。

　だけど、それがいっそう切なかった。

（きっと、傷ついたときもあったわよね……）

　今は何事もないようにしているが、彼だってきっと最初からこうではなかっただろう。彼の状態は傷が癒えたというより、傷の痛みに慣れてしまったという感じがした。それだけ多くの傷を受けても前を向いて立っていられる彼も強いと思うが、これ以上そういう意味で強くなってほしくないとコレットは願ってしまう。

彼は救済院の子ども達と一緒にいるとき、本当に優しかったし、楽しそうだった。

子ども達もそんな彼にとても甘えていた。コレットと同じように貴族のことをあまり好きではない子達でさえも、彼の足にまとわりついて離れなかった。その様子はまるで本当の家族のよう。ヴィクトルが救済院の出身だと言われたら、きっと何も知らない人は信じてしまっただろう。

もしかしたら、ヴィクトルは証拠を見つけたいわけでも、コレットとデートをしたいわけでもなく、子ども達に会いたかったのかもしれない。そう思ったら、いつも何を考えているのかわからない腹の中が真っ黒な彼が、少しだけ可愛く思えてくる。

「何、他人事みたいに言っているの？」

「え？」

「ヴィクトルはもううちの家族でしょう？」

コレットの言葉にヴィクトルは目を瞬かせた。そんな彼に優しい笑みを向ける。

「当たり前じゃない。なに一歩引いたこと言っているのよ。ヴィクトルが他人だって言ったら子どもたちも悲しむわよ！」

ヴィクトルはしばらく固まったあと、まるで括られていた紐が解けるように優しく笑う。

「コレットは優しいね」

「本当のことを言っているだけよ。……それより急ぐわよ！　子どもたちもヴィクトルのこと待っていると思うし！」

　コレットが彼の背中を叩きながらそう言えば、ヴィクトルも優しく目尻を下げた。

「わぁ！　コレットおねぇちゃんに、ヴィクだ！」

「なになに？　お仕事もう終わったの？」

「二人ともおかえりなさい！」

　救済院につくと、二人は子ども達から熱烈な歓迎を受けた。まるで溢れるかのように教会から飛び出してきた子ども達は、ヴィクトルとコレットの足下に集まる。

　コレットは足下に駆け寄ってきた子どもを抱きあげると、彼らをぐるりと見回した。

「みんなただいま！　いい子にしていた？」

「していたよ！」

「ばっちり！」

「嘘だ！　オマエ、この前泣いていたじゃんか！　『おねぇちゃぁん』って！」

「ばっ！　今言わなくてもいいだろ!!」

　真っ赤になって怒る少年にどっと笑いが起きる。

ヴィクトルも足下にいる子どもの頭を撫でながら、微笑んでいた。

「おねぇちゃん！　これ何？　これ何？」

目聡い子どもが石畳の上に置いた紙袋を覗き込みながら、弾けるような声を出した。その声に、他の子ども達も紙袋の周りに集まる。

「わぁ！　クッキーだ！　ビスケットもある！」

「これ、俺の欲しかった服だ！」

「おい！　独り占めするなよな!!」

今にも喧嘩が始まりそうな子ども達から紙袋を取り上げると、コレットは手のひらでヴィクトルを指した。

「これは、ヴィクトルからの差し入れよ。喧嘩する前に何か言うことがあるんじゃないの？」

その言葉に、子ども達は一斉にヴィクトルの方を見る。そして、歯を見せて笑った。

「ヴィク、ありがとう！」

「絶対大切にするね！」

「早くおねぇちゃんと結婚してくれればいいのに！」

「なっ……」

一人の子どもの言葉にコレットは頬を染めながら一歩引く。

ヴィクトルはいつもの王子様スマイルで一つ頷いた。

「俺もそうしたいのはやまやまなんだけど、コレットがなかなか頷いてくれなくてね」

「ヴィクトル！　余計なこと言わないのよ!!」

コレットは耳まで真っ赤に染めて焦ったようにそう言った。このままではまた『ヴィクトルがかわいそう』だの、『責任を取れ』だの、子ども達から言われてしまう。

そんな心配をする彼女に子ども達は次々爆弾を落としていく。

「おねぇちゃん、ずっと結婚相手探していたんだから、ヴィクにしておけばいいのに！」

「ちょっと!!」

「この前もハリドさんに紹介された男の人に逃げられていたし！」

「あれは私が悪いんじゃないでしょう!?」

「おねぇちゃんいっつも言っているよね。いつか素敵な人と結婚するんだーって！」

「ちょっと、本当にやめてって!!　恥ずかしいから!!」

両手を振り回しながらコレットは子ども達の言葉を止めた。しかし、だんだん楽しくなってきたのか、子ども達は口々に彼女の婚活事情を語りだそうとする。

「みんな、お菓子食べたくない!?　ほら、これ食べて良いから部屋の中に入って！　ね？」

買ってきた紙袋を掲げながらそう言えば、子ども達は目を輝かせながら「はーい！」と元気のいい返事をする。そして、紙袋を持ちながら救済院の中へ入っていった。

（は、恥ずかしかったぁ……!!　もー！　なんであんなこと言うのよ！）

両頰を押さえながらコレットは恥ずかしさに身悶える。

しかし、コレットの煩悶はまだまだ続くようだった。

「……ふーん、そうなんだ」

明らかに不機嫌な声色でそう言ったのはヴィクトルだった。

コレットは恐る恐る振り返りながら身を硬くする。

「なんかヴィクトル、怒っている？」

「別に」

いつもより数段輝いている笑顔で言われて、コレットは頰を引きつらせた。どこからどう見ても完全に機嫌が悪いときの顔である。

「ぜ、絶対怒っているじゃない」

「怒ってはいないって。ただ、他の男とは結婚できて、どうして俺がだめなのかなぁって思っただけだよ」

「そ、それは……」

出会い方が最悪だったとか、蕁麻疹が出るとか、相思相愛で結婚したいとか、理由はいろいろある。しかし、それを言うのもはばかられるぐらい、彼は不機嫌だった。

「まぁいいよ。どうせいつかは頷かせてみせるから」

ため息混じりのヴィクトルがコレットの脇を通る。

そして、彼女の肩に手を置き、耳に顔を寄せた。

「覚悟していてね」

耳に触れるか触れないかの距離で囁かれたその言葉に、コレットは身を震わせた。

一瞬で全身が熱くなり、肌が粟立つ。

小さく悲鳴を上げて飛び退けば、彼はもう宿舎の方へ向かって歩き出していた。

（耳が熱い……）

コレットは背中を向けるヴィクトルを睨みつけながら、耳を押さえる。

「も、もしかして、これってアレルギー……？」

身体を内側から叩く心臓の音を聞きながら、コレットは自分の身に起こりつつある変化に頭を悩ませていた。

それから皆で一緒に昼食をとり、小さな子ども達のお世話をして、室内の掃除と畑の雑草抜きをすると、あっという間に夕方になった。子ども達は終始笑っていて、コレットもそんな子ども達を見ているのがとても楽しかった。初めての畑仕事で、ヴィクトルが泥だらけになっているのを見るのも新鮮で面白かった。

そして、夕食時。いつもより賑やかな食卓で、コレットは豆のスープを口に運びながら、隣のマットに声をかけた。

「私がいない間に変わったことはなかった？　大丈夫だった？」

マットは子ども達のリーダー的な存在だ。年齢も十五歳と比較的年長に当たる。救済院にマットよりも年上の子はいるのだが、皆一様に自己主張が弱い子ばかりで、実質マットが子ども達をまとめる役割を果たしていた。

コレットはもう十八歳ということで救済院には属しておらず、どちらかといえばシスターに近い存在だ。マットはコレットの言葉に少し考えた後、首を横に振る。

「特に何もなかったよ。ライアンとノアがいつものように喧嘩するぐらいで……」

「そう、それなら良かった」

この夕食を食べたら、コレットはもう城に帰らなくてはならない。このまま救済院で朝まで過ごしたいという気持ちはあるが、さすがに夜までステラの側を離れるのはマズいだろう。

コレットは少しだけ名残惜しそうに子ども達を眺めた。

これから膠着状態がどれぐらい続くのかわからない。一度力を貸した手前、途中で投げ出すわけにもいかないので、次いつ子ども達に会えるのかわからない状態だ。

幸いなことに大きな子ども達もいて、コレットがいない分はなんとかなっているようだが、それでも家族同然の彼らに会えない日が続くのは少しだけ寂しかった。

「また会いに来れば良いよ」

コレットの心の機微を読んだのか、ヴィクトルが声をかけてくれる。その言葉に一つ頷きながら、コレットは慣れ親しんだシスターお手製の豆スープを大切に味わった。

「あっ！　そういえば！」

　もう食事が終わりかけた頃、マットがそう言いながら手を打った。そして、慌てて食器を片付けると、自分達が寝起きする部屋に駆け込んでいく。

　そして、コレットに巾着袋を差し出した。

「コレット姉、変わったことあったよ！　この前の収穫の日に森の中でこれを見つけたんだ！」

　コレットは巾着袋を受け取り開いた。

　すると、その巾着袋から押し込まれていた紙の束がぶわっと溢れた。

「……これっ！」

「裏がまだ使えそうだから取っておいたんだ。ソフィーが最近絵を描くのが好きだから……」

「マット、これもらってもいいかな？」

　巾着袋の中身を見たヴィクトルが慌てた様子でそう言う。

　マットは二人の驚く様子に目を瞬かせた後、一つ頷いた。

　そこには札がぱんぱんに詰め込まれていた。大蛇や狼から出てきたあの札だ。巾着袋に入っているそのどれもが綺麗な状態を保っており、使い方さえわかればまだ使えそうな物ばかりだった。

「コレット。もしかしたら、これで城の中の鼠を炙り出せるかもしれないよ」

そう言ったヴィクトルはコレットが震え上がるぐらいのいい笑みを浮かべていた。

「この札を使う!?」

コレットがそう声を荒らげたのは、救済院から帰ってきた翌日のことだった。閉めきられた彼女の部屋で、コレットとヴィクトル、ラビとティフォンが作戦会議をしていた。

人払いは厳重にしてあるし、万が一廊下で聞き耳を立てられていても声が漏れることはないのだが、その大きな声にラビとティフォンは思わず人差し指を口元に立てた。そして、同時に「しー！」と注意する。

そんな二人を後目に、ヴィクトルは足を組み直すと、ニヤリと口元だけの笑みを作った。

「そう。コレットの話で思いついたんだけどね。この札を一度に全部使うと術者にはものすごい反動が返ってくるんだろう？　それを利用して、この札を使った直後に体調を崩した者を捕まえる」

「確かに言ったけど、それは私の場合なだけであって、他の人の反動までは保証できないわよ!?　《神の加護》の術者が皆、私と同じとは限らないんだし！」

コレットは焦ったようにそう口にする。

確かにコレットが同じことをやろうと思えば、とんでもない生命力を消費して倒れてしまうと想像できる。しかし、それはあくまでも〝想像〟なのだ。他の人が絶対にそうだとは言い切れない。そもそも能力が違うのだから、消費するだろう生命力もそれぞれで違うのだろうし、コレットの言葉だって経験においての言葉というだけで確実性があるものではない。

「その可能性も考えたんだけどね。コレットの言葉にヴィクトルも一つ頷いた。コレットはどうしてあの札が綺麗な状態で森の中に落ちていたんだと思う？」

「それは、作戦が失敗したから……」

「それなら、札も回収するんじゃないのかな？　わざわざ証拠を残していく理由がわからない」

「そんなこと言われても……」

敵の気持ちなどコレットにはわからない。

そもそも隠れて誰かを殺そうなどと思ったことはないのだ。コレットはかつて戦姫と呼ばれるほどの騎士だったが、暗殺などは一度も指示されたことがなかった。

「これは俺の想像だけどね。たぶん術者はこの札が落ちていた森にはいなかったんだ」

「どういうこと？」

「実は、マットに教えてもらった場所からは大通りが見渡せないんだ。だから恐らく、術者はあの大通りが見渡せるどこかに潜んでいて、暗殺が失敗したとわかった瞬間に鷲たちだけでも回収しようとしたんだろう。だが、そうしているときに倒れてしまった。そして、《神の加護》が解かれた後の札が森の中にばらまかれた。……そう仮定をすれば、この札を一度に使えば術者には大きなダメージを与えることができるということになる」

「それなら、早く試してみた方が良いのでは？」

今までだんまりを決め込んでいたラビがそう言う。しかし、ヴィクトルは首を振った。

「いや。ただ問題なのは、これを俺や他の者が安易に使えるのかどうかだ。それと、使った際に鷲がこちらに攻撃をしてきたり、ステラ様を狙うという可能性があるのかどうなのか。その辺をティフォンに直接確かめておきたくてね。答えによってはこの作戦は実行できない」

ヴィクトルの言葉にソファーで寝ころがっている少年へと視線が集まる。ティフォンは気だるげに顔を持ち上げると、難しい顔で「うーん」と唸った。

「どうかなぁ。ヴィクトルやラビが使えるかどうかは、使ってみないとわからないというのが正直なところかな？　でも多分使えるんじゃないかと思うよ？　試したいっていうならコレットとボクがいるところで使えば何かあっても対処ができるし」

「使い方はわかるかい？」

「使い方としては念じればいいだけなんだけど、術者以外が使うのならちょっとだけ対価が必要だね。力を使う対価は術者が支払うけど、力を引き出す対価は使う人が払わないと……」

ティフォンの対価という言葉に、ヴィクトルの眉間に皺が寄った。彼の言う対価とはきっと生命力のことだろう。

「そんな怖い顔しなくても大丈夫だよ。必要なのは少量の血だけだから！　具体的には二、三滴ぐらいかな？　力を引き出す対価は大したことがないからね！　ちなみに、あらかじめ札に術者の血を吸わせておいて、後から札を使うっていうのもできなくはないと思うよ。対価の先払いってことだしね！」

コレットは札を見た。

今朝見つかったばかりの札には、文字の黒に隠れるように血の染みがついている。

「……それと、鷲がどういう動きをするかは、正直期待しない方がいいと思うよ。あらかじめそういう命令を出されているって可能性もあるし……」

「要約したら、結局やってみないと何もわからないってことじゃないですか……」

ラビの呆れたような声にティフォンはふくれっ面になる。

「あのねぇ。ボクにだってわからないことはあるんだよー。みんなだって、会ったことがない人の得意なこととか苦手なこととかわからないでしょう？　それと一緒だよー」

頬を膨らませながら「ぶーぶー！」と声を上げるティフォンを後目に、ヴィクトルは思案顔で顎を摩った。

「つまり、そういうことを確かめるためにも準備期間は必要ってことだね」

　結局、あと一週間程度は準備期間が必要ということで、その日の話し合いは終了した。

　コレット的には、敵を捕まえる手立てはあるのに一週間も無為に過ごすというのはもどかしく感じてしまうところだが、皆の安全を考えるのならばそれが最善なのだろうと一人納得をした。

「で、なんでまだここにいるのよ。私、今からステラ様のところ行かないといけないんだけど」

　話し合いも終わり、ラビも部屋から出て行ったところで、コレットは未だソファーに座ったままのヴィクトルにそう声をかけた。ティフォンはもうとっくの昔に消えており、部屋の中にはコレットとヴィクトルの二人しかいない。

　彼はまるで自室にいるかのようにくつろいだ様子で、長い足を組みかえながらコレットのことをじっと眺めている。

　彼女は先ほどまで背中に流していた長い髪を、頭上で器用に結わえながら首を傾げた。

　ちなみに、自室にいるときはいつステラが訪ねてきてもいいように男装姿で過ごしている。寝るときとステラが絶対に訪ねてこないとわかっている日はワンピースのようなドレスで過ごすのが常だ。

「なに？　何か用事？　それとも何か顔についている？」

　ヴィクトルの視線の先をたどるように頬を触るが、何かついている様子はない。ついでに鏡で身なりを確かめるが、いつもと変わらない騎士姿の自分がそこに立っているだけだ。

ヴィクトルはコレットのことを上から下まで眺めると、思案げな顔で顎を撫でた。

「いや。どうしてコレットが女の子に見えないんだろうと思ってね」

「え？　なに？　喧嘩売っているの？」

頬を引きつらせながらコレットはヴィクトルを睨みつける。

確かに、鏡に映るコレットは男性の騎士そのものだ。中性的ではあるものの、女性よりは遙かに男性に見える。だが、そんなものは着ている男性物の騎士服と、高く結い上げた髪のせいだ。そうに違いない。そうだと思いたい。

コレットは視線を鏡に戻しながら自分の頬を撫でた。

「そりゃ、貴族のお嬢様と比べたらアレかもしれないけど、私だってそれなりの格好をすれば、きっとそれなりに見えると思うんだけど……たぶん」

自信がなさそうに言って、コレットは鏡の自分をじっと見つめた。

（いや、ヴィクトルの周りにいる貴族の女性に比べたら、確かに女性らしくないかもしれないけどさ……）

そう思いながら、コレットは唇を尖らせた。いつも馬鹿みたいに『可愛い』と褒めてくれるヴィクトルのそんな言葉に、なんとなくふて腐れてしまう。

彼女の様子にヴィクトルは目を瞬かせたあと、ようやく思い至ったとばかりに手を打った。

「あぁ、言い方が悪かったかな。俺が言いたかったのは、どうしてあのお姫様がコレットのことをこんなに女性だと気付かないのかなってことで……」

「一緒じゃないよ」

にっこりと微笑んで、ヴィクトルはソファーから立ち上がった。そうして鏡の前に立つコレットの後ろに立ち、陽だまりのような長い髪の毛を手のひらで梳いた。

「コレットはどこからどう見ても可愛い女の子なのに、ってこと」

「なっ……」

コレットの全身の毛が逆立つ。頬を桃色に染めて、彼女は後ろを睨んだ。

「前は『男性の騎士そのもの』とか言ってなかったっけ？」

「本当にね。自分でも不思議なんだよ。なんで最初はこれで騙せると思っていたんだろうね？」

「……アンタってつくづく、ものすごい軟派野郎よね……」

「嘘じゃないよ。本当にそう思っている。コレットは自分が思っているより可愛いし、魅力的だよ」

囁かれたその声に、コレットは耳に火が付いたかのような錯覚を起こした。

ヴィクトルはコレットを後ろから抱えるかのように前方へと手を伸ばし、手のひらを開いた。

すると、そこには小さなガラスの入れ物がある。

「……なにこれ」

「プレゼント」

「はい？」

顔を上げれば、深いサファイアがゆっくり細められた。

「ほら、昨日買ったヤツ」

昨日というのは、救済院に行く前に立ち寄った雑貨屋さんでのことだろう。

つまりあのとき買ったのは、他の誰でもなくコレットに贈るためのものだったというのだ。

ヴィクトルはそのガラスケースを開く。中には淡い赤色の固まりが敷いてあった。口紅だ。

「持っているのがなくなりそうだって聞いたからさ」

彼は表面を小指で撫でるとコレットの下唇にそれを差した。

唇の中心がほんのりと赤く染まる。

「ほら、こうすればもっと可愛いよ？」

その瞬間、コレットは飛び上がり、ヴィクトルから距離を取った。

湯気が出そうなほど顔を真っ赤に染めて、壁に背をつける。その瞳は少し潤んでいた。

「なっ、なにするのよ!!　しかも、今からステラ様と会うのに、口紅なんか付けていたらダメでしょうがっ！」

「あぁ、そうだったね」

なんの遠慮もなしにヴィクトルはコレットに近づき、口紅のついた下唇を親指で拭った。

コレットは爆発したように全身を真っ赤に染めて、ヴィクトルを突き放した。そして、部屋の隅に逃げると膝を抱えて縮こまる。

「ヴィクトル！　本当に悪いんだけど、しばらく近づかないで！」

叫ぶように拒絶され、ヴィクトルは固まる。

瞳を不機嫌に細めると、いつもより少しだけ硬い声色を響かせた。

「なんで？」

「さ、最近、アレルギーがすごくて……」

「すごいって？」

ヴィクトルの疑問にコレットは自分の身をかき抱く。

「動悸とか、息切れとか、変な汗も出るし、顔が熱くて……。しかも、さっきみたいにちょっと触られただけでぞわって寒気がするし!!　熱いのに寒気よ!?　絶対身体がおかしくなったんだと思うの！」

小刻みに身体を震わせながら彼女は真っ赤になった顔を上げた。その瞳は涙に濡れている。

「ヴィクトルが悪いわけじゃないから！　私の体質のせいだから！　でも、このままだとちょっと本気でどうにかなっちゃいそうだから距離置かせて!!　たぶん、しばらく顔を合わせたり近づいたりしなかったら平気になるから!!　だから、ごめん!!」

そう言った瞬間、コレットは瞬く間に部屋から出て行く。それはまるで脱兎のごとき勢いで、ヴィクトルには止める隙もなかった。勢いよく閉められた扉は、壊れるのではないかというほどの音を残していく。

一人部屋に残されたヴィクトルは口元に手をやったまま固まっていた。その手のひらから覗く頬はほんのりと赤らんでいる。

彼は「あー……」と小さく呻きながら顔を覆い、天を仰いだ。

「マズい、ちょっとこれは……」

溢れ、零れるようにその言葉は口をついて出た。

(ほんと、どうしちゃったのかしら私)

熱くなった頬を手で扇ぎながら、コレットは足早に廊下を進む。目指すべき場所はステラの部屋だ。ヴィクトルのもとから逃げるように出てきたので交代の時間まではまだ余裕はあるが、それでも急ぐに越したことはないだろう。

そのとき、コレットの足下でティフォンの可愛らしい声がした。

「コレットとヴィクトルって、最近、仲が良いよねぇ」

「あのね！　ああいうのは、仲が良いって言わないのよ！」

　のんびりとした声にコレットは先ほどまで消えていたはずの彼を睨む。

　ティフォンは足早に歩くコレットに、跳ねるようにしながら付いてくる。

「でも、ヴィクトルってコレットのこと好き好き言っているよね？」

「あれはヴィクトルが私のことからかって遊んでいるだけよ！　そもそもアイツの『好き』は恋愛とか、そういう意味での『好き』じゃないんだから！」

「じゃぁ、どういう『好き』なの？」

「こう、おもちゃみたいな感じよ。反応を見て楽しんでいるの！　ヴィクトルにとって私は、その辺の犬とか猫と同じような感覚よ。きっと」

　自分の放った言葉が胸に針を刺す。その小さな痛みに彼女はあえて気付かないふりをした。

　ヴィクトルが『結婚しよう』や『好き』だと言うのは、コレットが《神の加護》を持つ元戦姫だからだ。それ以上でもそれ以下でもない。もちろん嫌われているわけではないとは思うが、コレットがもし《神の加護》を持っていなかったら、恐らく一生交わらなかった縁だ。コレットだってそれぐらいはちゃんと理解をしていた。

　コレットの否定にティフォンは「ふーん」と一人納得したように頷いた。

「それならさ、コレットはどうなの？」

「私？」

「コレットもヴィクトルのことなんとも思ってないの？」

「それは……」

コレットが言葉を詰まらせたときだ。

「あぁ。そこにいるのはコレットかな？　久しぶりだね」

そう声をかけられてコレットは顔を上げた。

振り向けば、すぐ後ろに柔和な表情を浮かべる王太子がいた。

「アルベール……殿下？」

「アルベールで構わないよ。敬語もいらない」

ゆったりと微笑みながら彼はそう言った。

いつの間にか足下のティフォンはいなくなっている。

「こんなところでどうしたのかな？　もしかして、今からステラ様のところへ？」

「はい、そうなんです。今から交代なので」

敬語はいいと言われたが王太子相手にそういうわけにもいかず、コレットは少しだけ砕けた態度で答えた。

「ステラ皇女の説得は成功したかい？」

「いえ……」

コレットは苦笑いで首を横に振った。

　ステラの説得の前に、ポーラをなんとかしなくてはならない。そうでなければ、帰国についてステラと真面目に話し合うこともできないだろう。ポーラは頑なにこの国に留まることを主張しているが、当の本人はどう思っているのかいまいちわからない。

　アルベールは少し視線を落としながら眉を寄せた。

「ステラ様は、帝国に戻りたくても戻れないのかもしれないね」

「え？」

　アルベールの言葉にコレットは目を瞬かせる。

「十中八九、皇帝は彼女を殺すつもりでここに送り込んでいる。再び戦争を起こすためにね。そんな使命を勝手に背負わされた彼女が、のこのこと帝国に戻ったらどうなると思う？」

「それは……」

「かの国の皇帝は残虐な人だ。自分の意志に背いた第七皇女なんて、生きている価値はないと思うだろう。皇帝にとって大切なのは、次代を引き継ぐたった一人の皇子だけだからね」

　冷たい目でアルベールは言う。コレットはその視線に身を震わせた。

「それじゃ、ステラ様が帰らないのは……」

「保身かもしれないね。もちろん彼女の掲げている気高い和平論を全て否定するわけではないけれど……」

　その言葉を聞いた瞬間、コレットの背筋に冷や汗が伝った。

「どうしよう。私、ステラ様に酷いことを……！　ヴィクトルとも話し合わなきゃ……」

コレットが青い顔でそう呟く。もし本当にそうなら、コレットは十歳の少女に『この国ではなく帝国で死んで欲しい』と言っていたようなものだ。

「ヴィクは気付いていると思うよ」

思わずコレットは顔を上げた。

「ヴィクは気付いていて、ステラ様を帝国に帰そうとしているんだ。うちの国で死ななかったらそれでいい。あいつはそういう風に考えるヤツだ」

弟を突き放すような冷たい言葉にコレットは一瞬息を止めてしまう。確かに、ヴィクトルがそのことに気付いていないとは考えにくい。そして、彼はああ見えても合理主義者だ。国か一人の少女かどちらかを選べと言われたら、彼は国を選ぶかもしれない。

「何をしているのですか？　兄上」

そのとき、二人の会話を無理やり終わらせるような声が廊下に響いた。

振り返れば、少しだけ機嫌が悪そうなヴィクトルがこちらに向かってきている。

「……ヴィクトル」

「お話なら俺が聞きますよ。彼女は忙しいので解放してもらえますか？」

瞬く間にいつもの軽い笑みを浮かべた彼はコレットを押しのけて、アルベールの前に立つ。

その足下には一瞬だけティフォンが見えた。どうやらティフォンはアルベールの登場に、ヴィクトルを呼びに行ってくれていたようだった。

（そういえば、一人で会うなって言われていたんだっけ……）

今更ながらにコレットはヴィクトルの言葉を思い出す。

「ほら、交代の時間になるんだろう？　早く行かないと」

「え、うん……」

まだ時間的には余裕があるのだが、コレットはそのまま二人から距離を取った。そしてステラの部屋を目指す。

（ヴィクトルは、ステラ様のこと知っていたのかな。……私はどうすれば良いんだろう……）

ステラがこの国に留まる限り、暗殺者はいくらでも彼女の前に現れるだろう。しかし、帝国に戻っても殺されてしまうのなら、まだこの国に留まる方が良いのではないかとも思えてくる。

（でも、万が一ステラ様が殺されて、戦争が起こったら、もっと多くの人が死んじゃうんだよね……）

堂々巡りを始めた思考の中で、コレットは下唇を噛み締めていた。

それから数日後。コレットは演習場へ向かっていた。その日の演習は午前中に終わっていたのだが、もう一汗流そうと彼女は足を動かしていた。というのも、じっとしているとステラのことばかりを考えてしまって頭が痛くなるのだ。

コレットが考えたってどうこうなるわけではないし、ステラが皇帝に殺されることも決まった話ではない。けれど、コレットは思考を止められないでいた。

唯一剣を握っているときだけが、無心になれる時間だった。

コレットは城から出て演習場へと続く道を歩く。同じ敷地内だというのに、城から演習場までは結構な距離がある。遠くはないが、一つの敷地内に収めるには離れすぎている気がする。

その道の途中で、コレットは彼女を見つけた。

（あれって、ステラ様？）

銀髪を靡かせながらベンチに腰掛けるステラの姿をコレットは目に留めた。彼女の周りには四人の兵士がおり、ポーラはいなかった。

城の中にいる間、ステラは遠方に住む貴族の娘、という身分で通している。だから護衛さえつければ好きに城の中を回ってもいいし、コレットも何度か部屋以外でステラに遭遇しているのだが、なんだか今日は少しだけ様子が違うような気がした。

木漏れ日を浴びているステラの姿は、儚げで今にも散ってしまいそうだ。その雰囲気は、いつもの元気な印象とかけ離れている。

コレットはそんな彼女に吸い寄せられるように動いていた。

「こんにちはステラ様。……あの、どうかしましたか？」

そう声をかければ、赤紫色の大きな瞳がこれでもかと見開かれる。そして、零れるように
「コレット様……」と言った。

コレットはそんな彼女の隣に腰掛け、自分が側にいるからと他の兵士に少しだけ距離を置いてほしいとたのんだ。あまり人数が多くてはステラも話しにくいのではないかと思ったからだ。

声が聞こえなくなるところまで兵士が遠のいたのを見計らって、コレットは「大丈夫ですか？」と声をかけた。

ステラは数度目を瞬かせた後、困ったように眉を寄せる。

「えっと、『大丈夫』とは？」

「いえ。いつもと少し雰囲気が違うように見えたので……」

ステラはさらに困ったように眉を寄せ、少し視線を泳がせた。その表情は救済院の子ども達と、どこか重なる。コレットはステラを覗き込みながら優しい声を出した。

「うちの子どもも悩みがあるときはそういう顔をするんです」

「うちの子ども？」

「あぁ、実は私、救済院出身なんですよ。そこにいる子どもたちのことです」

ステラは少し驚いたような表情になった後、納得がいったとばかりに頷いてみせた。そして、視線を遠くに移す。

「そうなのですね。コレット様がこんな私にも優しい理由がわかりましたわ……」

「ステラ様……？」

「すみません。いつまでもこの国に留まってしまって。本当は私だってコレット様とヴィクトル様がおっしゃるように、自国に帰った方がいいのだとわかっているんです」

その言葉にコレットは胸が締め付けられる思いがした。ずっと前から彼女はわかっていたのだ。自分がどうしてこの国にやられたのか。そして、のうのうと自国に帰ればどうなるのか。

「本当に、私はダメですね。自分のことばかり……」

ステラは泣きそうな表情で笑った。コレットは唇を噛み締める。

こんな幼い少女が自分と国を天秤にかけて迷っている。まだ十歳だ。まだ十歳なのだから、わがままを言っても、自分のことを優先しても、誰も怒らないし、責めない。

なのに、彼女は自分の運命を受け入れようと必死になっている。その健気さが胸に迫った。

ポーラが頑なにステラをこの国に留めようとしているのは、きっとこういう背景もあるのだろう。

「それでも、私は国に帰るのが怖い。……お父様が怖いんです」

泣きそうな声を出しながら俯いたステラをコレットは抱きしめた。そして、救済院の子ども達にするかのように背中をゆっくりと撫でる。

「ステラ様、大丈夫です」

「コレット様？」

「私が絶対にお守りしますから。……絶対に！」

強い意志を込めながらそう言うと、腕の中の彼女は強張っていた身体を弛緩させた。そうして、大きな瞳から涙をこぼしながら「ありがとうございます」と呟いた。


一週間後、コレットの部屋でまた作戦会議が行われた。

作戦は予想していた通りにとても単純なものだった。見つかった札を一度に全て使い、その時間に倒れたり、明らかに体調が悪くなったりした者を捕まえる。それだけだ。

札の使い方やその他留意するべき点はこの一週間ですべて確認済みである。

ちなみにコレットの役割は、城から離れたところで待つステラの護衛だった。

「……って感じで進めていこうと思っているんだけど、何か質問はあるかな？　事態の対処はステラ様の命が最優先。他は詮無きことだと思ってくれて構わないよ。何か問題が起こったとしても事後に俺がなんとかする。もちろん自分の身はステラ様と同じぐらいしっかり守ってね」

ヴィクトルの言葉にそれぞれが頷いて、最後の作戦会議は終了した。

本番は三日後である。

作戦会議を終えた後、コレットは演習場で元同僚達を相手に汗を流していた。

演習場は城の敷地内にあり、ステラやヴィクトルの部屋からも全体を一望できる。しかし、演習用の服装は男女ともに同じなので、万が一ステラに見られても安心だ。

作戦の本番が近いことも相まってか、コレットの剣を握る手にも力が入る。

コレットはステラに対する考えを振り切るように、木でできた演習用の剣を、同僚に向けて振り下ろした。風を切る音と共にカン、と乾いた音が響く。

(ここで私がぐだぐだ考えても仕方がないし! この作戦が終わったら、ステラ様のことをもう一度ちゃんとヴィクトルと話し合おう! それで、なんとしてもステラ様を助ける!)

助けると言った手前、中途半端なことはできない。しかし、どうすれば助けられるのかコレットにはわからないでいた。

そんな風に考え事をしていたのがいけなかったのだろうか、同僚の放った一閃がコレットの腹を掠める。その瞬間、頭は急に冷静になり、冷や汗が頬を伝った。

コレットは踏ん張りをきかせ体勢を立て直すと、なんとか避けた剣を自らの剣の柄で弾く。お行儀の良い騎士ならしない戦い方だが、コレットはあいにくそういう騎士ではなかった。

一呼吸の合間に距離を取り、彼女は短く息を吐いた。

生身のコレットは特別強いわけではない。女騎士の間ではそこそこ戦える方だが、男性の騎士まで交ざってくると力の面でどうしても劣ってきてしまう。

彼女が戦姫となり得たのは、偏に《神の加護》のおかげだ。

「どうした、コレット！　少し離れている間に鈍ったんじゃないのか？」

鼻の頭に汗を浮かべ、ニヤリと笑うのは元同僚のジャンだ。短く切った赤髪と頬の傷が特徴の男である。コレットが現役だった頃から、彼は事あるごとにコレットに構ってきていた。

ちなみに、可愛いものが好きだと言ったコレットを馬鹿にしたのも彼である。

「鈍るのは当たり前でしょうが！　呼び出されなかったら戻る気なんてさらさらなかったんだからね！」

「なんなら、力をつかっても良いんだぞ！」

「それこそ、アンタに勝ち目がなくなるわよ！」

彼女が元々所属していた第三騎士団は、一緒に戦っていたこともあり、コレットの力を知っている。それぞれに箝口令は敷かれているようだが、コレットにとって第三騎士団は気の置けない者達ばかりだった。

しばらく打ち合いを続け、コレットは休憩に入った。やはりというか、なんというか、二年のブランクは想像以上に大きい。

「もう少しなんとかしないと。ステラ様を殺されたら元も子もないんだし……」

演習場から少し離れた場所で、コレットは手のひらを見つめながらそう零した。豆が潰れて固くなった手のひらは女の子らしいとは言い難い。

「ステラって誰だよ」

「へっ⁉」

急にかけられた声にコレットは肩を跳ねさせた。後ろを振り向けば、手ぬぐいで額を拭うジャンがいる。

「難しい顔でなに考えているんだよ。『ステラ』って救済院の子か？」

「なんでもないの！　忘れて！　お願い‼」

コレットは手を合わせて拝む。

ステラがこの城に来ていることはコレットを含むいつものメンバーと、ヴィクトルが用意した兵達、それと国を動かす国王や宰相ぐらいしか知らないのだ。

大臣達にバレれば変な権力抗争が起こらないとも限らないし、国民に知られれば結構な騒動になってしまうのは想像に難くない。

遠方に住む貴族の娘という嘘もいつまで通用するかわからない。

ステラの存在を知っている者を、これ以上増やすのは得策ではないだろう。

できれば内々に、そして早々に片をつけたいのだとヴィクトルは以前言っていた。

「ま、良いけどさ！　それより、さっき演習でこれ落としていたぞ」

そう言ってジャンが取り出したのは小さなガラスケースだ。それはコレットがヴィクトルからもらった口紅だった。その可愛らしいガラスケースの意匠を気に入り、コレットは口紅をポケットに入れたまま持ち歩いていたのである。

コレットはまたも肩を跳ねさせて口紅を彼の手から奪い取った。

「それ、口紅だろ？」

「これは……あの……」

恥ずかしさで頬がじんわりと熱くなる。

ジャンにこんなことがバレれば馬鹿にされるに決まっているからだ。

少女趣味だの、似合わないだの、そういうことを言われるのは結構心臓にくるものがある。

「いいんじゃないか。コレットに合いそうだな」

「え？」

「『え？』て、なんだよ」

「だって、馬鹿にされるって思っていたから……」

ジャンの思ってもみない言葉にコレットは呆けたような顔になる。彼はコレットの一つ上の十九歳だ。二年前、十七歳のジャンはこんなことを言う人ではなかったはずである。

彼はコレットの隣に座ると、視線を逸らしながら頬を掻いた。

「あのときは悪かったよ……。俺もガキだったんだ」

「ガキ……？」

言われてみれば、彼はコレットのいなかった二年間で一回り以上大きくなっている気がする。身体もそうだし、二年前は少し幼さの残る顔つきだったが、今は大人びた雰囲気を醸し出している。

「いや、まぁ、ナントカはいじめたくなるって言うだろう？」

「『ナントカ』って何よ。私っていじめたくなるような何かを発しているわけ？」

思えばヴィクトルもコレットをいじめて楽しんでいる節がある。もしかしたら自分は、そういうことが好きな人を惹きつける何かを持っているのかもしれない。

コレットはそんな自分の想像に頬を引きつらせた。

「ちげぇって！　なんて言えば伝わんのかなぁ……」

「アンタおしゃべり得意じゃない」

「そういうんじゃねぇだろう！　……だから！」

そのときだ、コレットの両目が何かで塞がれた。

そして、「みーつけた」という楽しそうな声がすぐ側で聞こえる。その聞き慣れた低音にコレットが振り向けば、そこには予想通りの人物がいた。

「ちょっと！　もー、ヴィクトルどうしたのよ？」

「コレットに用事があってね。捜していたんだ」

いつものように話す二人の側でジャンは目を剝いている。それはそうだろう。元同僚が第二王子ととても親密そうに言葉を交わしているのだから……。

　コレットは顔に回された手を摑んだまま、目を眇めてみせた。

「用事って何よ？」

「部屋での続きがしたくてね。だから、二人っきりになりたいんだけど、どうかな？」

「部屋での続き!?　二人っきり!?」

　ヴィクトルの艶めかしい言い回しに、ジャンはひっくり返った声を上げた。

　しかし、当のコレットは『部屋での続き』を『話し合いの続き』と正しく理解したらしく、なんてことない表情で一つ首肯した。

「いいわよ」

「いいのかよ!?」

「だめなの？」

「いや、お前がいいなら……いいんだろうけどさ……」

　苦い顔になるジャンを残して彼女は立ち上がる。そうして、「またね」と笑顔で手を振った。

　ヴィクトルもその隣で彼に満面の笑みを向けていた。


「で、私に用事って何？」

　連れてこられるようにしてやってきた城の裏手で、コレットはそう言いながら首を傾げた。

その場所は人通りがほとんどなく、演習場や武器庫からも遠いので、大声で話さない限り会話の内容が誰かに聞こえてしまうということはないだろう。

数歩先にいるヴィクトルが振り返った。

「いや、コレットにちょっと聞きたいことがあってね」

「聞きたいこと？」

「この前、アルベール兄上に何か言われた？」

その見透かすような言葉にコレットは肩を跳ねさせた。

わかりやすい彼女の反応に、ヴィクトルは呆れ顔でため息をつく。

「やっぱり。話し合いのときも少し身が入ってない感じがしたから、そうじゃないかと思っていたんだよ。……で、何を言われたの？」

「……そ、それは……」

コレットは視線を彷徨わせる。

『ステラ様が帝国に帰ると殺されるかもしれないって、ヴィクトルは知っていたの？』

そう聞くのは簡単だ。しかし、もしそれを聞いてヴィクトルに『知っていた』と言われたら、コレットはどうすれば良いのだろう。そして、それをなんとかする手立てはあるのだろうか。

（もし、『どうしようもない』とか『見捨てろ』とか言われたら……）

コレットは視線を下げたまま下唇を嚙み締めた。

ステラを見捨てられる自信は、生憎のところありはしない。

ヴィクトルが国のためを思って、そう判断してしまうのは仕方がない。けれど、一人の少女を犠牲にするような作戦に、協力したくないという気持ちもある。

結局のところ、コレットは怖いのだ。聞かなければ事実がなかったことになるわけではないのだが、それでも〝暗殺者を捕まえる〟という作戦には進んで協力ができる。

コレットはそんな気持ちを悟られまいと、無理やり笑顔を作りあげる。

「別に大したことじゃないから安心して！　ヴィクトルが気にするようなことじゃないから！」

「気にするよ。コレットのことだろう？」

「本当に大丈夫だから！」

「……コレット」

「大丈夫だって！」

ヴィクトルの深い青を見つめていられなくなって、彼女は視線を逸らした。

その頑なな態度にヴィクトルは目を眇めた。

「そんなこと言っても良いの？」

「な、何が？」

「コレット、前に俺と約束したよね？　アルベール兄上と二人っきりにならないって」

「約束を破ったらどうなるか覚えている？」

「え、うん……」

「破ったらって……」

コレットは狼狽えたような声を出す。

『そう見えなくても、これだけは守って。……じゃないとお仕置きだから』

脳裏に蘇ってきたのはヴィクトルの楽しそうな声だった。

目の前の彼を見れば、あのときと同じように楽しそうな表情で両手を広げている。

「お仕置き、しても良いの？」

「な、なにする気よ!?」

思わず自身を抱きしめながらコレットはそう叫んだ。

コレットだって約束を破るつもりで破ったわけではない。そもそも王太子が話しかけてきたのに無視するなんてことは、普通に考えてできないだろう。

コレットの反応にヴィクトルは更に笑みを強める。

「抱きしめて頬にキスぐらいはしてみようかなぁって。ほら、コレットも結構俺に慣れてきたみたいだからさ。ステップアップだよ」

楽しそうな声色にコレットは頬を真っ赤に染めた。

そして、悲鳴のような声を上げながら彼から距離を取る。

「や、やだ!!」

「唇は正式に婚約するときに取っておいてあげるよ」

「させるわけないでしょうが!!」

にじり寄ってくるヴィクトルからコレットは後ずさる。

「ちょ、ちょっと!!　やだやだ!!　待って!!　最近アレルギーが酷いって……」

「だーめ。コレットが正直に言わない罰でもあるんだからね」

心底この状況を楽しんでいるようなヴィクトルにコレットは涙目になる。背中はもうすでに壁に当たっていて、彼は目の前だ。

心臓がどくどくと、コレットを内側から叩いてくる。発熱、発汗、動悸に息切れ。以前のように痒くなることはないのだが、これは痒くなるより明らかにまずい症状である。少なくとも、コレットは誰かと接していて、こんな症状は出たことがない。

ヴィクトルはまるで閉じ込めるように彼女の両脇に手を突いた。

その瞬間、コレットの頬は更に赤くなる。

「やだって！　離れて！　心臓が壊れちゃう!!」

胸を押さえながらそう叫べば、ヴィクトルの挙動がぴたりと止まった。

コレットは恐る恐る顔を持ち上げる。見上げた先の彼は至近距離で固まっていた。

そこにはいつもの笑顔もない。完全な真顔だった。

「……ヴィクトル？」

不審に思い、コレットは震える唇で彼の名を呼んだ。

「どうしたの？　体調悪く……」

「早く話して、じゃないと本当にキスするよ。唇に」

「さっき、ほっぺたって言っていたじゃない!!」

コレットはべそをかきながらヴィクトルに怒鳴った。

結局、コレットはヴィクトルに、洗いざらい白状した。あまり隠し事が得意ではないコレットがこれ以上ヴィクトルに隠しておけるとも思えなかったし、いつかは話し合わなくてはならないことだと彼女も思っていたからだ。それに、本当にこんなことでキスされても敵わない。

最後まで話し終えると、ヴィクトルは納得がいったとばかりの顔をしていた。話の内容からコレットがヴィクトルにこの話を黙っていた心情も読み取ってくれたのだろう。

「ヴィクトルは知っていたの？　ステラ様が国に戻ったら殺されるかもしれないってこと……」

思い切ってヴィクトルに聞けば、彼は少し考えてから一つ頷いた。

「そうだね。……といっても、そういう可能性があるってだけだよ」

「……でも……」

「コレットが思うことも尤もだと思うけどね。俺はこの国のためなら、少女の命一つ犠牲にしても構わないと思っているよ」

真剣な顔つきで言われて、コレットはもう何も言えなくなってしまう。

きっとヴィクトルは正しいのだろう。コレットにだってそれぐらいはわかる。だとしても、ステラを殺すかもしれない帝国に彼女は帰せない。少なくともコレットは帰したくない。

「……そんなにステラ様を救いたいの？」

ヴィクトルの落ちついた声にコレットは首を縦に振った。

彼はしばらく黙って何か考えるようなそぶりを見せた後、肺の空気をすべて吐き出すような長いため息を吐いた。

「……仕方ないなぁ。それなら、その方向で色々考えてみようかな」

「え、できるの？」

「まだわからないけどね。我が愛しの婚約者さまからのお願いだから、できるだけ聞いてあげたいし」

笑みを滲ませながらヴィクトルはそう言った。

いつもならここで『婚約者じゃない！』と声を上げるコレットだが、あまりの驚きに何も言えないままヴィクトルをじっと見上げてしまう。

「その代わり。もし、成功したらご褒美が欲しいな」

「ご褒美……？」

「俺の用意した服を着て、俺の行きたいところへ一緒に行ってほしいな」

「それって、デー……じゃなかった！　お出かけってこと？」

「まぁ、そんな感じかな」

一瞬『デート』と言いかけたコレットにヴィクトルは目を細めた。唇も綺麗な弧を描いている。綺麗な顔などに興味はなかったはずなのに、彼のその表情にコレットは頬を染め、顔を逸らした。

「それぐらいなら……」

「絶対だよ？　約束だからね？」

「え？　うん」

念を押されて、コレットは少し狼狽えてしまう。

「取引成立だね。それじゃ、楽しみにしていて」

ヴィクトルの笑みに、コレットは一瞬嫌な胸騒ぎを覚えた。

ヴィクトルにステラのことを相談した翌日、コレットは自室に戻るために城の廊下を歩きながら、肺の空気を全て出すようなため息をついた。

朝から演習に参加していたので、身体は汗だくだし疲れてはいるが、彼女のため息の原因はそんなことではなかった。

『おまえ、第二王子とどういう関係なんだよ……』

出会い頭にかけられた、ジャンの引きつった声が耳朶で蘇る。

昨日のヴィクトルとのやりとりを見ていた彼は、どうやら二人が良い仲なのではないかと疑っているようだった。

しかもその勘違いはジャンだけでは止まらず、第三騎士団全員に波及していた。

「なんて言うか、最近ヴィクトルに振り回されている気がするわ……」

頭を抱えながらそうごちる。

ポケットに手を入れれば、指先がいつも持ち歩いているガラスケースに当たった。

瞬間、コレットの唇にヴィクトルの小指の感触が蘇ってくる。誰かに唇を触られるなど、今までのコレットの人生にはなかったことだ。

小さな子ども達に唇を引っ張られたり、幼い頃シスターに口を拭ってもらったりしたことはあるけれど、あんな風に優しく異性に触れられたのは初めてである。

いつもより優しく笑っていた鏡越しの彼を思い出し、コレットの体温は徐々に上がっていく。

「あーもー!! ダメ! 本当にダメ!! 絶対に絆されないんだから!! ステラ様のことをなんとかして、私は元の生活に戻る! ヴィクトルともそこでお別れ!」

『お別れ』という言葉に一瞬怯んだけれど、その気持ちはあえて見ないふりをした。この気持ちは、恐らく気付いてはいけないものだ。気付いたら最後、苦しいだけの底なし沼にはまってしまう。

コレットは両手で頬を張る。

そうして、先ほどよりも足早に自室を目指した。

『前に約束していた、とっておきのお菓子だよ。よかったら食べてみてね。ヴィクトル』

部屋について、最初に目についたのがその置き手紙である。それは、ソファーの前にあるローテーブルの上に置いてあった。カードの側には一口大の黒い固まりがいくつかお皿に盛り付けられており、甘ったるく香ばしい香りを放っている。

コレットは丸い固まりを手に取った。手には焦げ茶色の粉が付く。指先に付いたその粉を舐めれば、芳醇な甘みが口いっぱいに広がった。

「これってチョコレート？」

コレットは瞳を輝かせる。チョコレートといえば、飲み物が一般的だ。騎士団にいた頃、甘ったるくて茶色の液体にミルクを入れて飲んだことが一度だけある。それがチョコレートだというのは後から知ったのだが、あの鼻に残るカカオの香りは今でも鮮明に覚えていた。

コレットは指先で丁寧にチョコレートをつまみ上げた。

チョコレートには固形の物もあるとは聞いていたが、見たのは初めてである。

「美味しそうだねぇ」

コレットの心を代弁するように言ったのは、いつの間にか足下に現れていたティフォンである。彼はコレットの持つチョコレートを見上げながらよだれを垂らしていた。

「それって、ヴィクトルが前にお茶会しようって言っていたときのやつだよね。やったね！コレットの好きそうなやつだ！」

「お茶会……」

ティフォンの言葉にコレットは呟くようにそう言った。

そうして何を思ったのか、帰ってきたばかりの自室から出て行こうとする。

「コレット、どうしたの？」

「……ちょっと、ヴィクトル呼んでこようかなって」

「へ、なんで？　ヴィクトルと一緒にチョコレート食べるの？」

　コレットは頬を染めながら視線を彷徨わせる。

「前にお茶会するって約束したし、休憩にはいい頃合いだし、一人で食べるのもなんだか寂しいし……」

「ふふふ……」

「……なによ。私、何かおかしなこと言った？」

　ふいに笑い出したティフォンに、コレットは拗ねたような声を出す。

「んーん。なんでもないよ！　それなら、ヴィクトルのこと捜しに行こうか！」

　ティフォンは優しげに、頬を染めて笑っていた。

　それからコレットは演習で流した汗を湯で洗い流し、ヴィクトルを捜しに出かけた。

　しかし、彼はなかなか見つからない。いつも通りに執務室にいるのかとも思ったが、ノックをしてみても反応はなし。ぐるぐると当てもなく城の中を捜してみたりもしたが、結局、彼と出会うことがないまま一時間が経ってしまっていた。

　コレットは半ば諦めた心地で中庭を歩く。

　木々の生い茂る中庭の中心には巨大な迷路のような生け垣があった。

「残念だったね」

「別に残念じゃないわよ」

そうは言うものの、コレットの顔は浮かない。足はもうすでに帰る方向を向いていた。

そのとき、彼女の耳にヴィクトルの声が届く。声のした方向を見れば、彼は迷路の中にいるようだった。コレットとは生け垣を挟んで反対側にいる。

「コレットのことですか？」

ヴィクトルが発したその声にどきりとした。

どうやら彼は誰かとコレットの話をしているようだった。

コレットは申し訳なく思いながらも、その場に立ち止まって彼の声に耳を澄ました。

（別に気になるわけじゃ……）

そう思いながらも、頭は彼の声色のする方に傾いてしまう。

「彼女のことは……」

ヴィクトルの声はいつもより無感動に耳朶を突いてくる。それは冷たい氷のような声色だ。

「別になんとも思っていませんよ。俺が興味があるのは彼女の持つ力だけですから。俺が彼女に構うのは、彼女が《神の加護》を使えるからです。それ以上でもそれ以下でもありませんよ」

呼吸が止まった。

本当にどうでも良さそうな彼の声色がじわじわと心臓を蝕んでいく。

別に、特別に思って欲しかったわけではない。彼がそう思っているだろうことはコレットにだってわかっていた。ヴィクトルがコレットを構うのは、《神の加護》を持っているからだ。だから、わけのわからない求婚もするし、思わせぶりな態度だって取る。

わかっていた。理解もしていた。

ただもう少し、それ以上の友情や戦友的な気持ちがあるのではないかと、ちょっとだけ期待していただけなのだ。ただの駒ではなく、隣を一緒に歩いて行けるような。背中を任せてもいいと思えるような……。

あんな無感動に、どうでも良さそうに、たった一言だけですまされる関係なのだと、そう示されたのが何より辛かった。

「それよりも、先ほどの件ですが……」

会話を続けながらヴィクトルは立ち去っていく。遠のいていく声を聞きながら、コレットもまたその場を後にした。

今まで止めていた空気が口から漏れる。

浅い呼吸を繰り返せば、じんわりと視界が滲んだ。

「なんか、勘違いしていたのかもしれないわね……」

いつも優しくて何を考えているのかわからない彼を思い出して、コレットは下唇を噛んだ。

部屋に戻ってくると、テーブルの上のチョコレートと彼の直筆のカードがコレットをまた出

迎えた。彼女はソファーに座ると、そのカードを手に取る。

コレットのために、わざわざ彼女が好きそうな物を用意し差し入れる。そういうヴィクトルのまめなところは嫌いではないけれど、今はその行為が素直に受け取れなかった。

（結局のところ、私のために用意してくれたわけじゃないものね……）

全ては《神の加護》のためなのだ。そう思えば思うほど心が冷えていく。

《神の加護》なんて持っていなかったら……、そうも思ったが、この力を持っていたからこその縁だということは痛いほど理解していた。

ティフォンも場の空気を読んだのか、先ほどから足下に現れてさえもいない。

コレットはチョコレートをつまみ上げる。口の中に入れようとした瞬間、部屋の扉が軽くノックされた。

「……はい。どうぞ」

「失礼します」

コレットが答えると同時に、ラビが扉を開けて顔を覗かせる。

そうして、部屋の中をぐるりと見回すと肩を落とした。

「……ここにもいませんか」

「どうかしたの？」

「ちょっと、ヴィクトル様を捜していまして……」

今一番聞きたくない人の名前を聞いて、コレットの眉間に皺が寄った。

その表情を見て、ラビが剣呑な声を出す。

「なんですか。その嫌そうな顔は……」

「いや。……ちょっと、ね」

馬鹿正直に全てを言うつもりはない。言ってしまえば『当たり前でしょう。何をうぬぼれていたんですか』なんて鋭い言葉が飛んでくるかもしれない。

コレットの態度をどう思ったのか、ラビは口をへの字にして、先ほどよりも不機嫌そうな声を出した。

「ヴィクトル様のことですか？　コレットさんはあの方のどこにそんなに不満があるんです？本来なら土下座をしたとしても、言葉も交わせないような方なんですよ！」

「ラビさんって私のこと嫌いですよね？」

ラビのあからさまな態度に、コレットは頬杖をつきながらそう言った。

出会った当初から、彼は辛辣な態度を取っていた。別に理不尽に責め立てられるようなことはないのだが、彼がコレットに放つ言葉の端々には棘を感じる。

ラビは悪びれもせずに一つ頷いた。

「貴女自身が、というよりは、貴女の態度が気にくわないんです」

「態度……？」

「ヴィクトル様と不釣り合いにもかかわらず、求婚を断っているでしょう？　普通は二つ返事で承諾するところですよ！　そういう態度を取れば、ヴィクトル様が構ってくれると思っているのかもしれませんが、あの方はそういうのはお見通しですからね!!　構っていますけど!!」

そう言いながら彼は地団駄を踏む。彼は相当ヴィクトルに傾倒しているようだ。

ならば、コレットが何かまかり間違って結婚を承諾したとしても、『不釣り合いだ！　この小娘が！』と怒り狂うかもしれない。

なんとなく呆れたような視線を送っていると、彼は野暮ったい眼鏡を指先で持ち上げながら咳払いをした。

「まぁ、ヴィクトル様のことは関係なく、貴女自身のことを好きか嫌いかと聞かれたら、『優しい方だな』とは思っていますよ。救済院を必死で立て直そうとしていたり、ステラ様にも心を砕いているんですから……」

「……ラビさん……！」

「そうは思っていても、ヴィクトル様のことがあるので貴女には一生優しい態度は取れないとは思いますがね!!」

指を突きつけながら言われて、少しだけ感動で緩んでいた心が急に引き締まる。

その後、僅かに笑みがこぼれた。

こんな真面目で偏屈な人を、どうしてヴィクトルが側に置いているのか少し疑問だったが、その理由がわかった気がした。彼はいつでも自分にまっすぐなのだ。嘘がつけないし、人に流されたりもしない。一本筋が通っている人というのは、案外こういう人のことを言うのかもしれない。

　コレットは口元に笑みを覗かせたまま、目を眇めた。

「ラビさんって、まぁまぁいい人ですよね？」

「まぁまぁってなんですか……。ところで、何をつまんでいるんですか？　チョコレート？」

　ラビの視線を辿るようにしてコレットは自分の指先を見る。そこには人差し指と親指に挟まれたチョコレートがあった。

「これはヴィクトルが差し入れてくれたみたいで……」

「はぁ？　ヴィクトル様が？」

　ラビは机の上に置いてあるカードを手に取る。

　コレットはつまんだままになっていたチョコレートを口に放り込んだ。

「ちょ、コレットさん！　これはヴィクトル様の筆跡ではありません!!」

　ラビがそう叫ぶのと、コレットがチョコレートを噛み砕くのはほとんど同時だった。

　彼女の口の中で半分になったチョコレートからはどろりとした液体が出てくる。コレットもまずいと思い、すぐに吐き出したが、判断が遅れたのか一部は飲み込んでしまった。

　舌がじりじりと焼けるように熱い。内臓も燃えているようだ。腹部を襲った猛烈な痛みにコレットは身体をくの字に曲げたまま倒れてしまった。

遠くで自分の名を呼ぶラビの声を聞きながら、コレットはそのまま意識を手放した。


身体がいつもより火照っていて、苦しかった。手足が自分の物ではないかのように重くてどうしようもない。呼吸をすれば喉からひゅーひゅーと変な音が鳴った。

苦しくて身を捩れば、ひんやりとした何かがコレットの頬に触れる。気持ちよさに顔をすり寄せると、その冷たい何かはゆっくりと両頬に当てられた。

「……く……って……」

なんと言われたのかは聞き取れない。けれど、その声色は彼女のことを心配しているのがありありと伝わってくるものだった。

鉛のように重たい瞼をゆっくりと開ける。すると、目の前に深い青が見えた。

それが瞳だと、数秒遅れて気がつく。

「コレット!?」

これでもかと目を見開いた後、瞳の持ち主に声をかけられた。

コレットとは誰だろうと考えて、意識が覚醒を始める。コレットは自分で、彼は……。

「……ヴィクトル……」

掠れた声で答えると、彼は安心したかのように表情を崩した。

「大丈夫？　どこか痛いところはない？」

「……喉が渇いた……かも……」

咳をしながらそう言うと、ヴィクトルはコレットの背中を支えて起こしてくれる。そして、水の入ったコップを差し出した。

「自分で飲める？　飲ませようか？」

「だいじょぉぶ……」

まだ舌が上手く回らない。恐らく起き抜けだからだろうが、ヴィクトルはそうは思わなかったらしい。一瞬だけ苦しそうに顔を歪めた彼は、コレットの口元にコップを持っていって、そのまま水を飲ませた。水が喉を通っていく感触が、冷たくて心地いい。

ゆっくりと三分の一ほど飲んで、そこで一呼吸置いた。

「毒を飲んで倒れたんだよ。覚えている？」

ヴィクトルの問いかけにコレットは一つ頷いた。

その弱々しさにヴィクトルは表情を歪ませる。

「……ごめん」

消え入りそうな声で言われて、コレットは首を捻った。何に対する謝罪なのだろう、と。

毒を飲んでしまったのはちゃんと確かめなかったコレットの落ち度だ。ヴィクトルのせいではない。名前を使われたことを謝っているのなら、それこそヴィクトルは悪くないし、被害者だと言えるだろう。

「こんなことに巻き込んでごめん。君が狙われるかもしれないって、わかっていたのに……」

今にも舌を嚙み切ってしまいそうな痛ましい響きにコレットは首を振った。

そうして、精一杯の笑顔を向ける。

「大丈夫。私って強いから」

最後の言葉は掠れていたが、聞き取れるぐらいには発せられただろう。なのに、ヴィクトルは顔を伏せてしまった。手が痛いほどに握られている。

「コレットは弱いよ。弱い。……死んでしまったかと思った」

よほど心配してくれたのだろう。ヴィクトルの手は小刻みに震えている。

その手を両手で包んでコレットは困ったように笑った。

「心配させて、ごめんね」

「……本当だ」

初めて聞くヴィクトルの拗ねたような声に、コレットは胸が痛んだ。

彼が心配してくれたのは嬉しい。とても嬉しい。

しかし、その心配はコレット自身に向けられたものではない。コレットの力に向けられたもろう。

のだ。コレットが死ぬのをこんなに怖がるのも、彼女の《神の加護》が消えるのが怖いからだ

（私自身のことも心配してくれたらいいのに……）

無感動に吐き捨てられるような関係に期待をしても無駄だ。そう思うのに、どこかで少しでも自分のことを惜しんでくれたらいいのにと思ってしまう。

コレットのことを純粋に、普通の女の子と同じようにヴィクトルが心配してくれたら、それはとても嬉しいことだと思うのだ。

「《神の加護》がなくても……」

「ん？」

「……なんでもない」

想いが言葉になろうとしたところを、すんでのところで止める。

『《神の加護》がなくても心配してくれた？』

そう聞けば、ヴィクトルはもちろんだと頷いて、甘い言葉をかけてくれるだろう。

けれど、それは単なる嘘だ。彼の本心はもう知っている。

コレット自身は彼にとって何の価値もない。ただの《神の加護》が入っているだけの器だ。

意識はもう覚醒していて、痛いところは何もないというのに、ヴィクトルは甲斐甲斐しく彼女をベッドに寝かせ、額の汗を拭った。

窓の外を見ればもう星が輝いていて、月の位置からすると、深夜どころか早朝になりそうな勢いだった。

「……ヴィクトル、もう大丈夫。ありがとう」

コレットが目覚めるまで世話を焼いてくれたのだろう。ヴィクトルに礼を言って、コレットは背を向けた。ヴィクトルはそんな彼女の頭を優しく撫でる。

「心配だから寝入るまで側にいるよ。コレットはゆっくり眠って」

頭を撫でる手のひらの心地よさにコレットは瞳を閉じた。まだ苦しさが胸の中に蟠っていたけれど、生唾と一緒に飲み下す。

(仕方ないものね……)

閉じた瞼から涙がじんわりと滲んで、まつげを湿らせた。

そこは暗い部屋だった。

地下に作られた牢屋の更に下。苔の生えた岩肌に、鉄格子。一見しただけでは牢屋とあまり変わらないが、鉄格子の内部は牢屋より若干広めに作られていた。

いわゆる拷問室だった。

日の光が全く入ってこないその部屋は人の時間感覚を狂わせる。一分を一時間に感じたかと思えば、数時間を数十分に感じてしまう空間だ。数時間も入って責め苦を受ければ、すぐに感覚は狂ってきてしまう。

真ん中には石で作られた椅子があり、一人の老人が手足を縛られた状態でぐったりと腰掛けていた。

そこにいたのはリッチモンド公爵だった。

長い口ひげにぼろぼろの白髪。茶色い瞳は暗く陰っていて、以前のような勢いは見て取れない。着ている服は白い布に頭を通す穴が開いているだけの簡易的な物で、その背の部分は何度も鞭を打たれたことにより激しく破れていた。

「何か吐いたか？」

拷問室に入るなり、ヴィクトルは入り口のラビにそう聞いた。責め苦の一部始終を見ていただろうラビは青い顔のまま首を振る。

「いいえ、何も。知らぬ存ぜぬの一点張りです。毒の仕込まれたチョコレートと、入っていた毒が彼の名義で用意されたのは明白ですが、誰に頼まれたかまでは……」

「知らない！　本当に何も知らないんだ‼　私は名前を使われただけで、何も――‼」

椅子に縛り付けられている彼は白髪を振り乱しながらヴィクトルに向かって叫ぶ。ヴィクトルは凍てついた視線で彼を見下ろした。いつもの笑顔はどこにも見て取れない。

「それなら、誰に名前を使われた？　それぐらいなら言えるだろう？」

「わからないんだ！　本当に!!　知っていることはなんでも話す!!　だから……」

「……吐くまで続けろ」

拷問係に吐き捨てて、ヴィクトルは背を向ける。

その冷徹な態度は場の空気さえも凍らせてしまいそうなほどだった。

拷問室を出て行くヴィクトルにラビは駆け足で付いてくる。地下へと潜る長い階段を上っていると、背後からリッチモンド公爵の断末魔の叫びのような声が聞こえてきた。

「お言葉ですが、ヴィクトル様。本当にリッチモンド公をあのような形にしてよかったのですか？　本当に彼が何も知らなかったら大問題ですよ？　それこそ強硬派はますます貴方に敵意を向けてきます。それに国王様にだってなんと言えば……」

口元を押さえながらラビは今にも吐きそうな顔でそう言う。寄せられた眉からは、ヴィクトルへの心配とおぞましいものを見た嫌悪感が見て取れた。

「問題ないよ。そもそも、リッチモンド公は近々こうなる運命だったからね」

「どういうことですか？」

「彼はこの国では禁止されている奴隷売買をしていたんだ。珍しい人種の子なんかは瞳をくり貫いて売っていたらしいよ。当然、拷問の末に死刑だ」

ラビは痛ましい顔つきになる。

「少しでもかわいそうだと思った自分が馬鹿みたいですね」

「やれ戦争だ、やれ支配だ、と騒ぐ癖に、他国に自国の民を売るその根性が気にくわない。本当に自分で身を滅ぼしてくれて清々したよ。……ただ、毒物の件については本当に何も知らないみたいだったね。彼が拷問に耐えうるほどの口の堅さを有しているとは到底思えない」

「そうですね。教えてくださらなくてもいいことは、ぺらぺらとおしゃべりになっていたようですし……」

リッチモンド公が話した内容を書き残していたラビは、そのメモをヴィクトルに渡す。

「午後まで待って何も吐かないようなら、質問を奴隷売買のことに変えてくれ。それで奴隷売買の方は洗いざらい吐くだろう」

「わかりました」

そうラビが返事をしたところで地上に出た。太陽はもう真上に来ていて、眩しいぐらいだ。

立ち止まって目を細めるラビとは対照的に、ヴィクトルは遠くの地面に視線を落としたまま足早に城の方へ戻っていく。ラビは慌てて彼を追いかけた。

ヴィクトルの背後からは千本針のように鋭い雰囲気が漂ってくる。

「……ご立腹ですね」

「この状況で冷静になれる方がどうかしていると思うよ」

苦虫を噛みつぶしたような表情を顔に貼り付けたまま彼は足を動かす。

ラビはこんなに機嫌が悪い彼を今まで見たことがなかった。

「コレットさんのご様子は？」

「大丈夫そうだった。ラビの対処のおかげだな……」

そこで初めて表情が緩んだ。

ラビは幾分か優しくなったヴィクトルの表情に胸を撫で下ろしながらも緩く首を振る。

「いえ、早くあの筆跡に気がついていれば、そもそも止められていたことです。……それにしても、正直コレットさんを狙ってくるとは思いませんでした。確かに《神の加護》を持っていたとしても、術者は生身の人間ですからね。毒や不意打ちには弱い……」

ラビの悩ましげな声色にヴィクトルは視線を遠くに投げたまま「そうだね」とだけ返す。

「……それで、毒物の方はどうだった？」

「あぁ、それならこちらに……」

ラビが出してきた紙を受け取り、ヴィクトルは目を細めた。それはコレットの吐き出したチョコレートを毒に詳しい医師が調べた結果が記載されてある。

「やはり、チョコレートの中に入っていた毒物は致死量にはほど遠いようですね」

「弱らせるだけが目的か……それとも……」

ヴィクトルは言葉を切り、そのまま黙り込んでしまう。どうやら彼は深い思考に入ってしまっているようだった。

次にラビが口を開いたのは、執務室の前に到着したときだった。

「それで、明日の作戦の件ですが、コレットさんはどうしましょうか？　日にちをずらすというのも一つの手ですし……」

「作戦は予定通り明日行うが、時間だけは前倒しで行う」

「前倒し？」

ラビは首を捻った。コレットの体調を鑑みているのであれば後ろに倒す方が良いに決まっている。もっと言うなら、日取りを一週間ほど先延ばしにする方が賢明だ。

ヴィクトルは淡々と言葉を吐く。

「コレットはこの作戦に参加させない」

「え？」

「コレットがやるはずだったお姫様の護衛は俺がやるよ。ラビは取り押さえる方の統率を頼む」

ヴィクトルの言葉にラビは狼狽えた。コレットがいるといないとでは危険度があまりにも違いすぎるからだ。今の予測では、札を使った時点で相手は力を使えるほどの元気はもうないはずである。しかし、それはあくまで予測だ。絶対にそうなるとは限らない。

「ですが、コレットさんの力があった方が安全ではないですか？　無論、できないとまでは言いませんが……。ここは無理をなさらず一週間ほど待って……」

「その一週間のうちにまたコレットが襲われたらどうする？」

「それは……」

「そんなことになったら、俺は怪しい者を片っ端から色んな理由をつけて処分していくつもりだよ」

　向けられた視線にラビの背筋が震える。これは本当にやりかねない人間の目である。決して冗談の類いなどではない。そんなことをすれば、『第二王子の凄惨なる大粛清』という歴史が、このプロスロク王国に刻まれてしまう。

　ラビは瞬時にそう悟り、背筋を正した。

「わかりました。そのように準備します」

「頼むよ。それと、くれぐれもコレットには……」

「わかっています。コレットさんのことですから、素直に頷いてはくれないでしょうしね」

　ヴィクトルは頷いたまま執務室に消えていく。

　ラビはその背中を見送りながら、明日の長い一日を思い、深くため息をついた。

第六章　最終作戦開始!?

作戦当日の朝、コレットはいつものように男物の騎士服に着替えて準備体操をしていた。

これからコレットはステラを誘って二人で出かける手はずになっている。出かける場所は万が一のことも考えて、森の中にある翡翠湖という綺麗な湖になっていた。そこでなら、まかり間違って誰かと戦闘になったとしても、辺りに与える被害が少ないからだ。あらかじめ予定を組んでいないのはステラ一人だけを連れ出すためで、コレットは作戦時に考えた誘い文句を頭の中で何度も反芻していた。

毒を飲んだにもかかわらず、体調の方は万全に近い。

薬の効果もあるのだろうが、一晩寝て回復した今となっては、本当に毒を飲んだのかさえも怪しく思えてくるほどだ。

「ヴィクトルたち、遅いわね……」

コレットは「作戦開始時には呼びに来るから」というヴィクトルの言葉を信じて部屋の中で彼らが来るのを待っていたのだが、一向にやってこない。

時計の針が作戦開始の時刻を過ぎて、コレットは苛々したように立ち上がった。

「ちょっとティフォン、ヴィクトルの様子見てきてくれない？」

自分の足下に向かって言えば、いつものように小さな少年が顔を――……出さなかった。

コレットは困惑したような表情を浮かべる。ティフォンの名を何度も呼んでみるが、彼は一向に現れはしなかった。気配さえも感じない。

「……どうして……」

冷や汗が噴き出る。まさか《神の加護》が使えなくなったのかと、コレットは片足で地面を蹴った。すると、身体はふわりと浮き上がる。どうやら完全に力が使えなくなったわけではなさそうだ。しかし、その力は明らかにいつもより弱かった。

「どうしてこんなときに……」

《神の加護》が弱まったのは、決して初めてのことではない。騎士団に来たばかりの頃は力が不安定だったのか、使えなくなることも多かった。

腹を据えて騎士団の訓練をやるようになってからは、そういうことはなくなったのだが……。

「どうしよう。……とにかく、ヴィクトルに相談しないと！」

幸いなことに、コレットがステラを誘ってから作戦はスタートする。なので、今ならまだ作戦の練り直しが可能なのだと彼女はそう考えていた。

コレットはヴィクトルの執務室へ向かう。扉を叩いても誰も出ないので、そっと扉を開けて中を確かめてみる。しかし、やはりその室内には誰もいなかった。

「もしかして、私抜きで……？」

嫌な予感と共に背筋に冷や汗が伝った。

そんなコレットの予想を裏付けるように、物々しい兵士達が各部屋を確認して回っている。

その兵士達にコレットは見覚えがあった。

（あれってヴィクトルが用意した人たちよね？　それじゃ、あの見回りは体調を崩した人を捜すために……？）

そう理解した瞬間、コレットは駆け出した。どういう理由か知らないが、作戦はコレット抜きで始まっている。《神の加護》が弱まったとはいえ、コレットはそこら辺の兵よりは戦える自負があった。

（早く行かないと――）

コレットの足はステラがいるだろう翡翠湖に向いていた。

翡翠湖は森の中にある、その名の通りに緑色に輝く湖だ。湖の水は澄んでいて底まで透けて見えるようだし、木々の影が湖面に映って、まるで絵画を見ているような雰囲気を漂わせている。

水が澄みすぎているのか魚はあまり見当たらないが、森の奥に面している方の岸では、鹿などの野生動物が湖面に波を立たせながら水を飲んでいた。

ステラとヴィクトルを乗せた馬車は、湖面が見える位置に馬車を停止させていた。辺りには三人の兵士。動かせる兵が少ないので護衛も最小限である。

「今日はコレット様ではないのですね」

「すみません。体調が芳しくないようで……」

がっかりと肩を落とすステラに、ヴィクトルは苦笑いでそう答えた。

ステラも何かが起こっていると感づいているのか、目の前の綺麗な湖に声を上げることもせず、じっと時間が過ぎるのを待っているようだった。

ヴィクトルは手元の懐中時計を見下ろす。

そろそろ本来の作戦時間だ。今頃、城に置いてきたラビの指示により札が使われ、体調が芳しくない者が現れる頃合いである。そして、あと二時間もすれば作戦終了を伝える兵士がこちらにやってきてくれるはずだ。

翡翠湖に視線を留めながら、それでも警戒するように辺りに気を配っていると、不意に森の木々が不自然に揺れた。ヴィクトルはステラを素早く馬車に戻し、辺りを確かめる。

木々の揺らめきは左右から流れるように一点に集まり、ヴィクトル達の前に姿を現した。

出てきたのは数人の男達だった。皆一様に白い外套を着ており、フードを目深に被っている。

彼らはその長い外套から剣を取り出した。そして構える。

（震えているな。……素人か？）

彼らはかろうじて切っ先をヴィクトルに向けてはいるが、それは今まで剣など持ったことがない者の構えだった。

兵士達が剣を抜く。相手の人数は六人、兵は三人。

しかしながら、実力的には圧倒的にヴィクトル達の方が上だった。

「殺すな、捕らえろ」

その指示に兵士達は一斉に動き出す。

ヴィクトルは馬車の近くで、捕縛劇を見守っていた。

剣など初めて持った素人丸出しの者達が、修練を積んだ兵士達に敵うはずもなく、あっという間に六人の賊達は捕まってしまった。

腕を縛り上げて転がされている賊のフードを、ヴィクトルは乱暴にはぎ取る。すると、そこには見知った顔があった。

「君たちは確か……」

そこにいたのは、リッチモンド公爵の後ろにいつもくっついていた文官達だった。地面に転がされた彼らは怯えきった表情で歯を鳴らしている。

「娘が、娘が人質に取られて……」

一番近くにいた男がそう言った。その瞬間、背中が光ったかと思うと、そこから真っ黒い虎が現れた。そうして、男の喉を鋭い爪で掻っ切る。切られた喉からは血が噴き出して、辺りの地面を赤く染め上げた。

「外套を裂け!!　背中に札が仕込まれているぞ！」

ヴィクトルが叫ぶも、時すでに遅し。気がついたときには六人の文官から六匹の虎が生まれ出ていた。そうして、最初から指示されていたかのように、虎達はそれぞれの文官の喉を潰す。誰一人として助けることは敵わなかった。

六匹の虎は唸り声を上げながらヴィクトル達のことを威嚇していた。逃げようにもこの距離だと馬車や馬に乗るより、飛びかかられる方が早いだろう。

じりじりと迫ってくる様子に、ヴィクトル達も距離を取る。

「ヴィクトル！」

そのとき、風のように速い一閃が一番後ろで唸り声を上げていた虎を真っ二つに切り裂いた。

そうして、もう一匹。

二匹の虎を真っ二つにした彼女はヴィクトルの側に降りてくると、剣を構え直した。

「……コレット!?」

「なんでこんなことになっているのよ！　大体、なんで私が作戦から外されているの!?　その辺、後でちゃんと説明してもらいますからね！」

いつものように怒鳴れば、ヴィクトルは驚いたような顔をした後に、眉を顰めた。

「……どうして来たんだ」

「どうしてって、二人が心配だからに決まっているでしょう！　なんか、来て欲しくなかったみたいな言い方ね」

その言葉にヴィクトルは何も答えない。

「とりあえず、ここは私が防ぐから、その間に貴方たちは馬に乗って！　ヴィクトルも馬車に！」

そう言った瞬間、飛びかかってきた虎をコレットは横に薙いだ。衝撃で地面に転がった虎は身体を横たえたまま動かなくなる。

ヴィクトルはその光景に目を見張った。

いつもならその一閃で虎は真っ二つになっているはずである。

現に先ほどまでの攻撃では虎は真っ二つになっていた。

なのに、今の攻撃で虎は動かなくなったものの形を保って未だそこにいる。

「今回はちょっと倒しきる自信がないわよ……」

コレットは冷や汗を滲ませながら「ちょっとヤバいかも……」と声を漏らす。彼女の手元をよく見てみれば、その剣は白銀に輝いてはいなかった。そこら辺の兵士に与えられている普通の剣である。

「もしかして《神の加護》が……？」

ヴィクトルがそう呟いたとき、馬車の窓からステラが顔を出した。

「コレット様！」

「ステラ様、ちゃんと隠れていてくださいね！」

「違います！　コレット様、あそこを見てください!!」

コレットが来た喜びで顔を覗かせたのかと思ったが、どうやらそうではないようだった。

ステラが指す方向を見てみれば、小さな人影が木にもたれかかっている。

その人物は、ポーラだった。

「どうしてこんなところに……」

「ポーラッ！」

ポーラの辛そうな様子にステラは叫ぶ。コレットはそんな彼女の声を受けて一つ頷いた。

「ヴィクトル、馬車を走らせて！　私は彼女を助けてから後を追いかけるから!!」

「ダメだ！　彼女はっ!!」

ヴィクトルが止めるのとコレットが跳び上がったのは同時だった。

虎達を一跳ねで越え、ポーラのもとに辿り着くまで僅か数秒。

コレットは彼女の肩を軽く揺すった。

「大丈夫？」

ポーラの手元からパラパラと何かが落ちる。それは見覚えのある紙だった。
そうして彼女は、暗く悲しそうな目をコレットに向けた。
「コレットさん、ステラ様に『すみません』と謝っていただけますか？」
彼女が落とした紙からまばゆい光が立ちこめる。
コレットは反射的に距離を取った。
そうして光が収まったとき、ポーラの周りにいたのは何十人という兵士だった。
彼らの目は赤く、肌は黒い。
力を使いすぎたのか、ポーラはその場に膝を突いた。
血を吐くような声で彼女は兵士達に命を告げる。
「帝国の第七皇女、ステラ・ローレ・グラヴィエを殺しなさい……」
その瞬間、兵士の赤い瞳が鈍く光った。

✦

コレット達は何十人という兵士と数匹の虎達から逃げていた。彼らの狙いはステラだけなので、三人の兵士達とは別行動を取っている。この人数ならば、むやみに逃げ惑うことなく、どこかに隠れて作戦を練ることができるというヴィクトルの判断だった。

その判断が功を奏したのか、三人は森の中にある洞窟で息を潜めて身を寄せ合っていた。入り口は折った木の枝などで隠し、なかなか見つからないように工夫してある。

別行動を取っている三人の兵士の誰か一人でも城に帰り援軍を呼んでさえくれれば、まだ勝機が見出せる。黒の軍団は倒せなくても、それを操っているポーラを戦闘不能にしてしまえば片が付くからだ。数には数で勝負である。

冷たい岩肌に背を預けて、コレットは息をつく。ポーラが裏切っていたという事実がよほどショックだったのだろう、ステラは逃げている最中に気絶してしまっていた。

「身体は大丈夫?」

優しく声をかけられて、コレットは一つ頷いた。

「身体の方はなんともないと思うわよ。ただ、ポーラのことがショックでしょうね……」

「ステラ様のこともだけど、俺はコレットのことを聞いているんだよ。まだ病み上がりだろう?」

「私も平気。もういつも通りに動けるもの! きっと薬がよく効いたのね」

前にも同じようなやりとりをしたことを思い出しながら、コレットは答える。

その言葉にヴィクトルは心底安心したような表情になった。

彼は本当に心から身を案じてくれているように見える。けれど、それはコレットが《神の加護》を持っているからだ。コレットが《神の加護》を使えなくなっているとわかれば、彼は露ほどの興味も示さなくなるかもしれない。

戦っているときに気付いたのだが、コレットはもう殆ど力が使えなくなってしまっていた。

次に戦うときはきっと一般の兵士と同じか、それ以下ぐらいにしか戦えないだろう。

（力のこと、ちゃんと言っておかないとね……）

ヴィクトルが自分に対して何も思わなくなるのは怖い。けれど、それ以上にこの状況をなんとかしなければならない。コレットは顔を上げて腹の底に力を込めた。

「あのさ……！」

「コレット、もしかして《神の加護》使えない？」

彼女の言葉を遮るようにして、ヴィクトルがそう言う。瞬間、コレットの表情は固まった。

明らかに図星を指された表情をする彼女を見て、彼は短く息を吐いた後、眉を寄せた。

「それなら尚のこと、なんで来たんだ……」

「ごめん……」

飛び出してきたときはこんなに何もできなくなるとは思っていなかった。普通の兵士よりは力になれると思ってやってきたのに、今ではこのざまである。

力の使えなくなった彼女に落胆したのか、ヴィクトルは視線を合わせないまま黙ってしまっている。その表情を見てコレットも視線を落とした。

（しんどいなぁ……）

ヴィクトルにとって自分はそれまでの存在なのだと言われたような気がして、心臓が苦しくなる。『使えない』と判断されたこともそうだが、《神の加護》以外に価値がないのだと突きつけられたのが、何より辛かった。

彼からもらった優しい言葉も口紅も、何もかも嘘だったのだと改めて思い知る。

(嬉しかったのに……)

ポケットを探れば、指先はいつも持ち歩いているガラスケースに当たった。コレットはそれをぎゅっと握りしめる。

(それでも、できることをしないとね!)

彼女は滲みかけた涙を袖で拭い、両手で頬を張った。そして、無理やり唇の端を引き上げる。

「まぁ、ということだから。囮でも殿でもなんでもやるわよ! ヴィクトルとステラ様はちゃんと城に帰さないとね!」

わざとらしいほどの明るい声にヴィクトルの表情がどんどん硬くなっていく。

「こう見えても女騎士の中では腕は立つ方なのよ! 《神の加護》は使えないけど、足止めぐらいはできると思うわ!」

こういったとき、命の優先度を最初に決めるのが定石だ。この場合は、ステラが一番、次いでヴィクトル。この中ではコレットが一番どうにでも使える命である。

別に、むやみやたらに死にたいわけではないし、殿や足止めを務めることになっても逃げ切る気満々ではあるが、覚悟もそれなりに決まっている。

「気にすることはないから、なんでも言っちゃって！　あ、こんなに働かされているんだから、特別報酬はもちろんもらうからね！」

おどけるようにそう言うと、ヴィクトルの眉間の皺がますます深くなった。彼の睨みつけるような視線にコレットは息を呑む。

「あ……、まぁ、そうよね。私が《神の加護》使えていたらこんなことになってないのよね。ごめんなさい」

ははは、と乾いた笑いを浮かべながら頭を掻く。ヴィクトルは少しも笑っていなかった。じっとコレットを見つめながら、黙っているだけだ。

コレットは笑みを収めると彼から視線を逸らした。そして、しゅんと項垂れてしまう。

「言いたいことはそれだけ？」

冷たい刃物のような言葉にコレットは一つ頷く。

ヴィクトルは項垂れるコレットをじっと見つめた後、長い息を吐いた。

「……もし、誰かが一人残って足止めや囮をしないといけないのなら、その役割は俺がやる。コレットはそのままステラ様と逃げるんだ。いいね？」

コレットは顔を跳ね上げ、狼狽えたような声を出した。

「え、それは……」

「これは決定事項だ。異論や反論は認めないよ。ただ一人残るのならば、それは俺だ」

「いや、だって、こういう場合は……」

さすがのコレットもヴィクトルに言い募ろうとする。平民であるコレットと第二王子であるヴィクトルならば、どちらが優先されるべきかは、わかりきっている。

「俺は、君が死ぬのは耐えられない」

彼の言葉に、性懲りもなく胸が温かくなる。

じんわりと赤くなった頬をヴィクトルの冷たい手がゆっくりと撫でた。

「俺は君が好きだよ。コレット」

胸が詰まる。目の前の彼はいつも以上に真剣な顔つきで、彼女を見つめていた。

頬が熱くなる。心臓が今にも暴れ回りそうだったが、慌てて頭を振った。

彼の『好き』に意味はないのだ。贈られる言葉を真に受けて二重も三重も傷つく趣味はない。

『俺が彼女に構うのは、彼女が《神の加護》を使えるからです。それ以上でもそれ以下でもありませんよ』

ふいに蘇ってきた言葉に、コレットは思わず服の上から心臓を掴んだ。彼の本心は知っている。だから、こんな甘言に騙されたりはしない。

もしかしたら彼はコレットに力が戻ったときのためにこうやって優しい言葉をかけてくれているのかもしれない。それにここでヴィクトルがいくら『残るのは自分だ』と言っていても、コレットは彼を置いて逃げることはできないだろう。その選択をするぐらいなら、きっと自分が残ってしまう。コレットはそういう人間で、ヴィクトルもそんな彼女の性格をわかって発言しているのかもしれなかった。

そう思うと、ただただ自分の存在が切なくなってくる。

「そういうのは、いいから……」

「そういうのって……」

「そんなリップサービスしてもらわなくても、ヴィクトルが困っていたらまた力貸してあげるわよ！　安心して！」

なんてことない表情でにこりと微笑んだ。その表情にヴィクトルは訝しげに眉を寄せる。

「コレット、何か勘違いしていない？」

「勘違いなんかしてないわよ！　ちゃんと、わかっている！」

「わかっているって、何を？」

真剣な表情で見つめてくるヴィクトルからコレットは顔を逸らしてしまう。

（あ、ヤバい……）

目頭が熱くなる。彼のためになんか泣きたくないと思うのに、胸に、口に、鼻に、目頭にせり上がってくるものがどうやっても止められない。瞬き一つで、その滴は瞳から転がり落ちた。

慌てて拭うも、涙は後から後から溢れてくる。

そんな涙を隠そうとしたのか、コレットは立てた両膝に顔を埋めてしまう。

「コレット？」

「突然ごめん！　でも、わかっているから！　嘘つかなくてもいいし！　ヴィクトルはいつも優しくしてくれるけど、気持ちのない優しさほど辛いっていうか！　苦しいっていうか！　もういっそのこと『《神の加護》のないコレットには興味がない』ぐらいズガーンと言ってくれたほうが楽になる……と、いうか……」

「『《神の加護》のないコレットには興味がない』……？」

その言葉にコレットは顔を上げる。唇を真一文字に結んでいるのは、感情を我慢しているからだ。瞳には涙が溜まっているものの、こぼれ落ちてはいない。

「……最初からそういう話だし、ショックを受けるのが間違いだってわかっているんだけどね」

苦笑いを浮かべながらコレットは言った。

そのとき、彼に腕を引かれた。気がつけばヴィクトルの腕の中にコレットは収まっている。

心臓が煩いぐらいに鳴り響いて、顔が熱くなってくる。

引きはがそうにもヴィクトルの力は強く、コレットは少しも抵抗させてもらえない。

「ヴィクトル！　心臓が……！」

暴れ回る胸元を握りながら混乱したように言えば、彼はコレットの頭に顎を乗せながら話しだす。

「それがコレットの言う『アレルギー』なら、俺も『アレルギー』になるのかな？」

「い、意味がわからないんだけど……」

「俺の心臓も、煩いよ」

ヴィクトルの胸元に頭を寄せられる。

涼しそうな顔とは対照的に、心臓はドクドクと激しく脈打っている。

「コレットが何を勘違いしているのかは知らないけれど、俺は君が好きだよ。もちろん、女の子として。《神の加護》なんて関係ない」

「う、嘘よ！」

「嘘じゃないよ」

「だって、聞いたもの！　ヴィクトルが興味があるのは、私の力だけなんでしょう？」

脳裏に焼き付いた言葉がコレットの心を蝕む。

彼の言葉は嬉しいはずなのに、素直に耳に入っていかない。

「誰に聞いたの？」

「ヴィクトルが中庭で誰かとそうやって話をしていたじゃない。それをたまたま聞いて……」

「あー……」

何かに思い至ったのか、ヴィクトルがそう声を漏らした。

そして、コレットの後頭部を優しく撫でた。

「アレは相手が兄上だったから……」

「お兄さんだったら何がいけないのよ?」

「俺のお気に入りだってバレたら、コレットがいじめられるだろう？　だから、わざと興味がないって……」

その言葉に彼女は首を傾げる。コレット的には彼の言う『いじめられる』というのもよくわからないし、そもそもヴィクトルとアルベールがそんなに仲が悪いようには見えないのだ。

「アンタ、私が婚約者だって散々騒いでいたじゃない」

「ああいうのを含めて、俺がコレットを騙しているんだと、兄上に思わせておく方がいいだろう？　ま、結局は全て徒労だったって感じだけどね……」

コレットを騙す姿をわざと見せていた。ということなのだろうけれど、ヴィクトルの言い方はどうもまどろっこしくてコレットにはよくわからない。

しかも『徒労だった』というのはどういうことだろうか。まるでコレットがアルベールにいじめられた後のような言い方だ。

「俺が今日君抜きで作戦を始めたのは、君が大切だったからだよ。君が毒で倒れたとき、自分でもびっくりするぐらい目の前が真っ暗になったんだ。あんな経験は一回で十分だ……」

まるで子どもをあやすかのようにゆっくりと背中を撫でられる。コレットはどう反応していいのかわからず、彼の胸元に縋りついた。状況が飲み込めなくて、心臓の音などもうどうでもよくなってしまっている。

「なのに君は、力が使えないのにこんな危険なところにわざわざ乗り込んでくるし、挙句の果てには足止めをやるやら、囮になるやら言い出すんだから、もう、腹立たしかったよね……」

「だ、だって、こんなに力が使えなくなるなんて思わなかったし……」

「だとしても、あの言葉はない」

ぴしゃりとそう言われて、コレットは身を震わせた。ヴィクトルの背中に回している腕の力を強めれば、彼もまた彼女の背中をきつく抱き寄せた。

「いつも誰かのために頑張るコレットが好きだよ」

耳元で囁かれたその言葉に身体が跳ねる。

「何に対しても優しくあろうとするコレットが好き。ころころと変わる表情も、怒っている顔も、俺の名前を呼ぶ跳ねるような声も、……全部、全部好きだよ」

まるで蜂蜜の中に漬けられたのではないかというぐらいの甘ったるい言葉に、コレットはもう何も考えられなくなる。ただただ恥ずかしくて、身体が熱くて仕方がない。

「出会いが出会いだったから信じてもらえないかもしれないけど、……信じて。俺はコレットが好きだよ。正直、可愛くて仕方がない」

「……ヴィクトル……」

彼の名を呼ぶだけで精一杯だった。頭の芯が甘く痺れてどうしようもない。

ヴィクトルはコレットの背中に回していた両手を彼女の頬に這わせた。両手で顔を包まれるような形になったコレットは自然と瞳を閉じる。

ゆっくりと彼の顔が近づいてくる気配がする。

そのとき――

「くちゅん！」

可愛らしいくしゃみで二人の動きは止まった。

隣を見れば、ステラがまるで小さな子猫のように丸くなっている。

「あ、ごめん。寒かったよね！」

ヴィクトルを押しのけ、コレットは自分の上着を彼女にかける。

その後ろでヴィクトルは不服そうに口をへの字に曲げていた。

「コレット、続きは？」

「こんなときにするわけがないでしょうが、この馬鹿!!」

強請るような彼の言葉にコレットは赤い顔でそう声を上げた。

先ほどまでの甘ったるい空気もなくなり、コレットは丸くなるステラの背中を撫でながら洞窟の外を眺めていた。木で覆われた場所はまだ誰にも見つかってはいないが、あの人数で捜されたらそれこそ時間の問題だ。今このとき、見つかってしまってもおかしくない状況である。

コレットは自分の手のひらを見つめながら呟くような声を出した。

「力、取り戻さないとね」

「コレット……？」

「正直、さっきまで『《神の加護》なんてなかったら……』なんて考えちゃってたけど、ここから皆で無事に生還するためには必要な力だものね」

決意の籠もった瞳にもう迷いは見て取れない。

「それに、ティフォンに会えないのも寂しいし！」

そう言って頬を張る。気合いは十分だ。

「……そういえばヴィクトルって、ポーラが黒幕だって気付いていたの？」

コレットがポーラに向かって飛び出していったとき、ヴィクトルは彼女のことを止めていた。

彼女の問いに彼は真面目な顔をして「そうだね」と頷いた。

「……といっても、ポーラが黒幕にしては何個かおかしな点があるから、確信していたわけじゃないんだけれどね」

「おかしな点？」

「そう。最初の暗殺、馬車が爆発した件については城の外にいた者たちが爆発物を仕込んだと思う。二番目の差し入れに毒が入っていた件と三番目の狼は状況的に見て、犯人はポーラだ。ここまでは恐らく間違いない。問題は四番目の大蛇、そして、捕まえた者たちの暗殺は誰がやったのか、という点だ」

「ポーラじゃないの？」

コレットの驚いた声にヴィクトルは首を振った。

「大蛇が出た日、あの日ステラ様はずっとポーラと一緒にいたんだ。つまり、あの大蛇を出して操ったのがポーラなら、彼女はわざと騙されたフリをして、あんなに多くの力を使ったことになる。これは不自然すぎる」

「そうね」

確かに、騙されたふりをするだけにしてはリスクが大きすぎる。疲れる程度に消費した生命力ならば一日寝ていれば回復するが、倒れるほどとなると一日やそこらでは回復が難しい。それはコレットが一番よく知っていた。

「牢屋での暗殺の件も、ポーラは地下牢の位置なんか知らないはずなんだ。そもそも暗殺者を捕まえたことも、俺たちが行った作戦の内容さえも知り得る立場にない」

ヴィクトルの声色は更に硬くなる。

「そして、最も納得がいかないのがコレットに毒を飲ませた件だ。これは手口から見て実行犯はポーラだ。ステラ様の二番目の暗殺と手口が一緒だからね。それに、あのカードはステラがコレットをお茶会にさそったあの場にいなければ書けない内容だ。だけど、その毒とチョコレートはリッチモンド公の名義で準備されていたんだ」

「じゃあ、あの公爵とポーラが手を組んで？」

「いや、それはあり得ない。ステラ様たちが来ていることを彼は知らないはずだ。それに、彼の性格と立場でステラ様が来ていることを知っていたならば、必ず政治に利用しようとしていたはずだ。……つまりどうやってもポーラとリッチモンド公は繋がらない」

「つまり？」

「もう一人、黒幕がいる。リッチモンド公の名義で毒とチョコレートを用意し、それをポーラに渡した人物が……」

その言葉にコレットは息を呑んだ。

「そして、それができる人物を俺は一人しか知らない」

意味深にヴィクトルは言葉を切る。そのとき、小さな洞窟に不気味な声が響き渡った。

「みーつけた」

語尾が跳ね上がった異質な声に二人は身体を硬くする。声がした方を見れば、木の間から誰かが覗いていた。コレットはその顔に見覚えがあった。

「アルベール……殿下……？」

「今目の前にいるのがもう一人の黒幕だよ」

囁かれた声に全身の毛が逆立った。

「コレット、蹴って!!」

反射的に足が出る。ステラはもうヴィクトルが背負っていた。

コレットの蹴りをもろに食らったアルベールは真後ろに飛ばされる。その隙に三人は洞窟の中から飛び出て走り出した。しかし、すぐに黒の兵士が辺りを囲う。黒い虎も後に続いた。

「……逃がさないよ」

アルベールが腹部を押さえながら立ち上がる。

そして、彼は足を踏みならした。すると、コレット達を中心に炎が円状に燃え上がる。

彼の《神の加護》である。

「本当はこのまま焼き殺してもいいんだけれど。私の犯行だとバレてしまうから、それはよろしくない。山火事ってことにしてもいいんだけどね。単なる事故になっちゃうから、少なくとも皇女殿下だけは誰かに殺されたようにしておかないと……」

彼は綺麗な顔を歪めて腰から剣を抜いた。不思議なことに、ポーラの能力であるはずの黒い虎達もアルベールの指示に従っているようだった。

ヴィクトルは眠っているステラを木の根元に降ろすと、胸元から銃を取り出した。

「あぁ、やっぱりヴィクは私に気付いていたのかな?」

「リッチモンド公の名前を利用できうる人間なんて、同じ強硬派である兄上ぐらいしかいませんからね……」

苦虫を嚙みつぶしたような表情のヴィクトルにアルベールは薄ら笑いを浮かべるだけだ。

「まずは、邪魔な方から殺しておこうか……」

アルベールが地面を一蹴りした瞬間、彼の持っている剣の切っ先がコレットを襲った。《神の加護》でも使ったのだろうか、異様な速さでコレットの反応も追いつかない。

「コレット!!」

ヴィクトルはコレットの背中を押す。まっすぐに伸びた切っ先が彼の肩を裂いた。

「ヴィクトル！」

コレットの頰に血が飛び散る。アルベールはこれを予想していたのだろうか、にやついた笑みを浮かべ、肩を押さえるヴィクトルに二撃目を食らわせようとする。

その光景に、コレットの何かがぷつりと音を立てて切れた。

「いい加減、出てきなさいっ！　ティフォン!!」

怒鳴った瞬間、コレットを中心に凄まじい風が吹き荒れる。それは辺りを囲っていた炎を一瞬で消し去り、木々をなぎ倒した。

頰を張る風の勢いにアルベールも少し驚いたように目を見張っていた。そして……。

「おっまたせー!!」

元気な声と共に一人の少年が弾けるような笑みを浮かべて飛び出してきた。コレットは持っていた剣をその場に落とす。すると、ティフォンは自らを白銀の剣に変えて、彼女の手元に収まった。

「ヴィクトル、少しの間だけお兄さんは任せるわよ。私はあの黒いの全部潰してくる」

コレットの真剣な声色にヴィクトルは一つ頷く。

そしてすれ違う寸前、彼女は彼の銃に自らの手を這わせた。

「好きに使って良いから……」

そう言い残して、彼女は一瞬にしてその場からいなくなった。

「やはり、早めに殺しておくべきだったたね……」

辺りにいる黒の集団を次々と倒していくコレットに視線を送りながら、アルベールは呟くように言った。ステラはもう風の膜で覆われていて、普通の人間ならば手も足も出せない状態になっている。焦るような表情もないまま、アルベールはステラに近づいていく。

「まぁ、同じ《神の加護》だ。なんとかなるかな」

そのとき、耳を劈くような破裂音がした。ヴィクトルが彼の足下に向けて撃ったのだ。

ヴィクトルは自身の血がついた手で銃把を握り、銃口をまっすぐ異母兄に向けていた。

地面から立ち上る硝煙を見ながら、アルベールは嘲笑するかのように唇の端を引き上げる。

「何も持っていないお前に何ができるんだ？」

「さぁ、何かできるかもしれませんよ」

ヴィクトルは立て続けにアルベールに向かって三発撃った。しかし、それらは彼に届く前に炎によって止められ、消し炭にされてしまう。

「諦めた方がいい。《神の加護》を持たないお前には、何もできないよ」

アルベールが懐から三枚の札を出す。それを宙に向かって投げれば、そこからまた三匹の黒い虎が飛び出した。しかし、一匹は倒れ、すぐ札に戻ってしまう。

「あぁ、ポーラの力がもう限界なんだね。ま、お前には二匹でも十分だろう」

瞬間、二匹の虎がヴィクトルに飛びかかる。

それは《神の加護》でないと倒せないもののはずだった。

再び銃声が二回ほど鳴る。

すると、二匹の虎はまるで風船が弾けるかのように消えてしまった。

「俺が特別な力など持っていなくとも、彼女に貸していただきましたので大丈夫です」

「くっ……」

言うのが早いか、撃つのが早いか。ヴィクトルは少しも躊躇わず引き金を兄に向けて引いた。

瞬きをする間もなく、その弾丸はアルベールに飛んでいく。途中で彼の炎が行く手を遮ったが、そんな壁などものともせずに、弾丸は彼の右目を抉った。

その瞬間、アルベールは後方に飛ぶ。そして、そのまま動かなくなった。

辺りの敵を一掃したコレットがヴィクトルと合流したのはその直後だった。

「ちょ、ちょっと、殺しちゃったの!?　その人ヴィクトルのお兄さんだし、王太子よね!?」

風に乗りながら降りてくるなり、コレットは焦ったように言った。戦争を経験しているので死体を見慣れているとはいっても、その顔はやはり相応に苦々しい。

ヴィクトルもアルベールを一瞥すると、眉を寄せたまま視線を逸らした。

「でも、あとはポーラをなんとかすれば……」

コレットはそう言い、視線を巡らせる。この森に潜む彼女を見つけ出せれば、ステラへの危険はひとまずなくなるだろう。あんなにステラと仲良さそうにしていたポーラが敵だとは思いたくないけれど、現実はとても残酷だ。

そのとき、木の枝を踏み折る音がコレット達の背後から聞こえた。振り向けば、憔悴しきったポーラが身体を半分木に預けるようにして立っていた。

「もうこれでは暗殺は無理ですね……」

掠れるような声で言って、彼女は膝を折った。

そして、まるで首を差し出すように地面に腕をつく。

「どうぞ、一思いに。覚悟はできております」

諦めたような彼女をコレットは苦々しい表情で見下ろした。

「ポーラ、君は皇帝の隠し子なんじゃないか？」

そう言ったのはヴィクトルだった。

顔を上げたポーラとコレットは同じように目を剝いて、穴が開くほどに彼を見つめている。

「え？　じゃあ、つまり、ポーラはステラ様の異母姉？」

「確証があるわけじゃないよ。ただ、そう考えれば辻褄が合うというだけの話だ。皇帝の女好きは有名だしね。隠し子の一人や二人いてもおかしくない」

なんてことない表情で言って、ヴィクトルはそのまま続けた。

「そして、君は何らかの方法で皇帝から脅されて、無理やり協力している。……違うかな？」

ヴィクトルの問いにポーラは下唇を噛みながら頷いた。

そして、消え入りそうな声で、「母が人質に取られているんです」と呟く。

「……そんなところだろうと思った……」

「ヴィクトル、どういうこと？」

「この暗殺に関わった者は、皆何かしらで脅されているようなきらいがあった。口止めに殺された暗殺者たちも、リッチモンド公の後ろにいた文官たちも……。それに、ポーラはこれまでに二度、今回を入れたら三度だけれど、ステラ様の暗殺をしようとしている。だけど、一度も本気で成功させようとしている風には見えないんだ」

ヴィクトルの話によると、ステラへの差し入れに入っていた毒も、コレットのチョコレートに入っていた毒も、どちらも致死量には及ばない量だったらしい。狼の件についてもコレットが来るまでにステラを殺しておくことが可能だったにもかかわらず、彼女はそうしなかった。

「だから、もしかして、と思ってね」

ヴィクトルが腕を組みながらため息混じりにそう言うと、ポーラはゆっくりと立ち上がり、ぽつぽつとこうなることになった経緯を話し始めた。

「母は昔、城に勤めていたそうです。そこで、皇帝に無理やり関係を持たされました。そのことを気に病み、母は城勤めをやめたのですが、そのときにはもうすでに私は宿っていたそうです」

ポーラの話によると、皇帝が彼女の存在に気付いたのは戦争終結の直後だったらしい。ポーラが《神の加護》を顕現していると知るやいなや、皇帝は彼女の母親を人質に取り、ポーラを暗殺者に仕立て上げていったらしいのだ。そして、今回の任を任されたのだという。

「兄上と手を組んだのは皇帝の命令？」

「はい。しかし、皇帝も相手がこの国の王太子だとは知らなかったと思います。この国の情報を流してくれる『アル』という男の命令に従えとしか私は聞いていませんでしたから……」

ポーラは悲痛な表情で淡々と内情をバラしていく。

「兄上がどうして皇帝に手を貸したかは……」

「知りません。ただ、『戦争を起こしたい』という目的が一緒なので手を組んでいるように見えました」

ポーラの告白をヴィクトルは地面に視線を落としたまま聞いていた。そして、強く目をつむって数秒、切り換えるように顔を上げ、声を張った。

「わかった。君の母親については俺の方から帝国に掛け合おう。必ず助けるとは約束できないが、尽力はする。だから君はさっきの話そのままを国王の前で証言してくれないか？　事情が事情だから、こちらに残れば恩赦も受けられるだろう」

「……結構です」

ヴィクトルの温情をばっさりと切り捨てて、ポーラは顔を上げる。

「だって、もうきっと母は殺されていますから……」

まるで嗚咽を嚙み殺すような声に、コレットも息を吞む。

ポーラは地面に倒れているアルベールを一瞥した後、その青白い頰に涙を滑らせた。

「先日、彼から母の手首をいただきました。何度も暗殺に失敗している私への罰だそうです。皇帝が送ってきたのだと……」

はっ、と息を吐いて、ポーラは俯いた。顔を覆う腕に涙が伝う。

「こんなことなら、同情なんてせずにステラ様を殺しておけばよかった――……」

悲痛な叫びにコレットは耳を塞ぎたくなった。

小さく震える彼女の背を撫でようとコレットがポーラに近づいたそのときだ。彼女の顔が跳ね上がり、茶色い瞳をこぼれんばかりに大きく見開いた。

「ポーラ？」

「ステラ様っ！」

二人の声が重なる。気がついたときにはポーラは走り出していた。その先には半身だけ起き上がっているアルベールがいる。彼の手元には、コレットが先ほど捨てた剣が握られていた。

「だめっ！」

コレットが叫ぶのと、アルベールの投げた剣がステラを庇ったポーラの背に刺さるのは同時だった。《神の加護》の影響か、ポーラの腹部から飛び出した剣の切っ先がステラを覆っていた風の膜に触れた瞬間、それはあっけなくはじけ飛ぶ。剣はステラの胸ギリギリで止まっていた。彼女が身を挺して庇わなければ、ステラの胸を貫いていただろう。

ステラの頬にポーラの口元から溢れた血が降り注いだ。

その刺激にステラは目を開ける。そうして、衝撃の光景に目を見開いた。

「あ、あぁ……」

「ご無事ですか、ステラ様……」

息も絶え絶えにポーラはそう言う。ステラが震える唇で「ポーラ……」と口にすれば彼女は満足そうに微笑んでその場にくずおれた。

「ポーラ！　ポーラ!!」

「あー……、ダメだったね。今回はお前の勝ちだよ、ヴィク」

片目を押さえながらアルベールが立ち上がる。そして、彼は森に火を放った。その炎は森の全てを焼かんとするほどの勢いだ。炎は確かに凄い熱量を持っているが、アルベールは自身の力の特性故か炎に触れても火傷一つ負わない。

「私はしばらくこの国を出ることにする。その間の留守は任せたよ。ヴィクトル」

ニヤリといやらしく笑いながら、彼は炎の中を進もうとする。

「待ちなさいよ！」

「ついてこられるなら、ついてきてもいいよ」

コレットもヴィクトルも彼を追おうとするが、炎の勢いが強すぎて近寄ることもできない。先ほどのように風で消そうともしたが、炎自体が先ほどよりも強い上に、コレットが出せるほどの風では火を煽ってしまい、余計に勢いを増すだけの結果しか残せなかった。

「二人とも、またね」

不敵な笑みを残したまま、アルベールはそのまま消えてしまった。

「結局、ステラ様は死んだことにするのよね」
「あぁ、それしかお姫様の無事を確保できる方法はないからね」

あの大捕り物から一週間後、コレットとヴィクトルの二人は彼女の部屋でそんな言葉を交わしていた。その場にはティフォンもラビもいる。

「ステラ様はポーラに殺されたことにする。それがポーラの望みでもあったみたいだしね」

そう言ってヴィクトルが取り出したのは、ステラの部屋から見つかったポーラの遺書だった。中には自身がステラの暗殺に関わったとする旨が詳細に書かれていた。そして、自分はそれを気に病んで自殺するとも……。

「ポーラは結局どうしたかったのかな……」

ティフォンの声にラビが答える。

「もう、母親が亡くなったと知った辺りから、暗殺をする意味を彼女は見出していなかったのかもしれませんね」

コレットは戦っていたときのことを思い出していた。

今にして思えば、アルベールが操っていた虎だけは好戦的だったが、ポーラが操っていた黒い兵士はただ突っ立っているだけだった。コレットに攻撃をしようともしなければ、視線を向けることもなかったのである。

「この手紙の存在により、ステラ様が死んだとなっても帝国側はどうすることもできなくなった。皇帝の名前もばっちり書いてあるしね。まぁ、向こうはこちらが偽造したのなんだの言い張っているけれど、筆跡は間違いなく彼女のものだから、事態は収束に向かうだろう」

ヴィクトルはそう言って息をつく。

最近は事態の説明に走り回っていたらしく、その表情には少し疲れが見え隠れしていた。

「そういえば、ステラ様は元気？」

コレットの声にヴィクトルは顔を上げる。そうして、先ほどよりは柔和になった表情で一つ頷いた。

「ポーラが死んだことは相当ショックだったみたいだけれどね。しばらく部屋にこもって泣いていたけれど、先日見に行ったら元気にしていたよ。あちらの方にも愛されているようだった。コレットにも会いたいって言っていたよ」

「そう」

ステラはヴィクトルが懇意にしている公爵家の養女になる予定だ。夫婦には子どもがなく、ヴィクトルの話にぜひ協力させて欲しいとステラを引き取ってくれたのである。

来週には名前も変わるし、戸籍も作り直すとのことだ。彼女は新しい人生を歩むことになる。

「これで一応は一段落かな。まだ、問題は山積みだけどね。兄上のこともあるし……」

コレット達が城に帰ってきたときには、もうアルベールは遊学していることになっていた。

ステラの件にアルベールが関わったという証拠は何も見つからなかった上に、ポーラの遺書にもアルベールの名は一つも書かれていない。

彼のことに関しては何もかも手詰まりだった。

コレット達が訴えようにもアルベールの支持者は多く、訴えた場合、証拠もない彼女達が不利になることは誰の目から見ても明らかだった。

「アンタのお兄さんってなんで戦争を起こしたかったのかしらね」

「さぁね、昔はああ見えて優しい兄上だったんだけどね。二年ほど前からかな。様子がおかしくなったのは。コレットの情報を母に流したことといい、本当に兄上が何をしたかったのかわからないことばかりだよ」

アルベールのことになると、室内は酷く静まりかえる。そんな重苦しい沈黙を破ったのは、ヴィクトルの手打ちだった。彼は機嫌が良さそうに唇の端を引き上げていた。

「それじゃ、コレット。そろそろ支度を始めようか」

「……本当に行くのね」

「約束しただろう？」

にっこりと微笑むヴィクトルに、コレットは「わかったわよ」と肩を落とすのだった。

淡い黄色のグラデーションのかかったドレスにオレンジのコサージュ。腰の辺りにあるリボンはコサージュと同じオレンジ色で全体を可愛らしく華やかに引き立てている。アプリコット

色の髪の毛は綺麗に横にまとめられており、そこにも小さな花が散らされていた。

装いも新たになったコレットはドレスの裾をつまみ上げて、唇を尖らせた。

「こんな格好させてもらってアレだけど、本当に礼儀とかよくわからないからついていくだけになるわよ。それでもいいの？」

「もちろん。コレットならついてきてくれるだけで十分だよ。何も心配しないで」

にっこりと微笑むヴィクトルにコレットは頰をじんわりと赤くさせた。

二人は待合室にと用意されたサロンにいた。今から国王夫妻主催の夜会に出るのだ。

この夜会は急遽決まったものなどではなく、半年に一度、主要な貴族を招いて定期的に行われているものだそうだが、もちろんコレットは出たことがない。そもそも今回だって出るつもりもなかったのだ。昨日までは……。

ヴィクトルが夜会の話を持ってきたのは昨夜のことだった。夜会にパートナーとして一緒に出て欲しいと頼んできたヴィクトルにコレットは当然断った。断ったのだが……。

『コレット、約束忘れてない？』

『約束？』

『ステラ様の件をなんとかしたら、俺の用意した服を着て、俺の行きたいところへ一緒に行ってくれるって約束しただろう？』

『え？　それって、どこかに一緒に出かけるって意味なんじゃ……』

『俺はそんなこと一言も言ってないよ』

その一言で、コレットは渋々了承をした。もちろん、騙されたような気はしたが、約束は約束である。

「うん。とても似合っているね。可愛いよ。花みたいだ」

「ありがとう……」

面と向かっての賞賛にコレットは視線を逸らした。事件以来、ヴィクトルと二人っきりになるのは初めてである。なんだか色々あった気もするし、ヴィクトルから真面目に気持ちを伝えられたような気もしないでもないのだが、コレットは全てを記憶の奥底に押しやっていた。ヴィクトルもあれからそのことを蒸し返していないので、もしかしたら勘違いや夢なんじゃないかという気持ちさえしてくる。

（まぁ、『勘違い』とか『気の迷い』とか言われた方がショックだから別にいいんだけど……）

そんなこと言われるぐらいならば、このまま流されてなかったことになる方が心の健康的には良い。

なんにせよ、この夜会がヴィクトルと過ごす最後の夜だ。明日には彼と別れて、コレットは以前の生活に戻る予定である。寂しくないといえば嘘になるが、ヴィクトルが少しも寂しがっている様子を見せないので、コレットとしてもそういうことは言えないでいた。言ったとしてもどうなるものでもない。また、側室になって欲しいというヴィクトルの求婚にコレットは頷く気もない。

だから本当にこれが最後の思い出のつもりだ。一生会えなくなるということはないだろうが、これまでのように彼と頻繁に会うことはなくなるだろう。

そこまで考えて、コレットはそういえば、と顔を上げる。

「ヴィクトル、婚約のことちゃんと国王様に『破談になりました』って言っておいてよ！　このまま救済院に帰ったら私が悪者になっちゃいそうで怖いもの。約束でしょう？」

「コレットの方こそ、ちゃんと約束わかっている？」

「へ？」

コレットは目を瞬かせた。彼はにっこりと良い笑顔をコレットに向けている。そのとき、ラビが二人のいるサロンへと顔を覗かせた。

「お二人とも、そろそろ……」

その言葉に二人は会場となっているホールへ向かった。

煌びやかなシャンデリアが見下ろす会場には、様々な格好をした貴族が談笑を楽しんでいる。

貴族で溢れかえる会場内に、コレットは気分が悪くなる思いがした。苦手なものがこんなに目の前に溢れているのだ。実際には触れなければ何も起こらないのだが、こう多いと苦々しいものがこみ上げてくる。

コレットはまるで助けを求めるかのように、絡ませているヴィクトルの腕を自分の方へ引き寄せた。彼女としては盾代わりのつもりなのだが、周りはそうは思わなかったらしく、二人の姿を目に留めて、一様に色めき立った。

「な、なんか注目されてない？」

「俺が誰か伴ってこういう場に来るのは初めてだからね」

「初めて……？　なんか上手く言い表せないけど、それってマズいことのような気が……」

「コレットのそういうところ、本当に可愛いと思っているよ」

青くなったコレットにヴィクトルは本当に良い笑顔で言った。馬鹿にされていると理解したコレットは思わず彼の腕を抓る。

「馬鹿にされているってことぐらいは、わかるんですからね！」

「痛い、痛い！」

にこやかな顔のまま眉を顰めて、ヴィクトルはそう言う。

そんなやりとりをする二人がじゃれ合っているように見えたのだろう。それまで注目していなかった貴族達もヴィクトルの方に視線を向けはじめる。

「……な、なんか、ますます居心地が悪くなった気がするんだけど……」

「気のせいじゃないかな」

「……ヴィクトル、また何か企んでない？」

無言のままにっこりと微笑まれて、コレットは頬をひきつらせた。絶対何か企んでいる上に、彼の反応からして、もうコレットがその術中に陥(おちい)ってしまっていることは明白だ。

「ちょっと、なに考えて……!!」

「コレット、父だ」

国王が来たと知らされて、コレットは口を噤(つぐ)んだ。何という間の悪さだろうか。それともこの間の悪さでさえも彼の企みの範疇(はんちゅう)なのだろうか。穿(うが)って見れば見るほどに、何もかもが怪(あや)しく思えてくる。

コレットが入り口へ目を向けると、国王がゆっくりと会場に入るところだった。一段高くなっているそこで皆(みな)を見渡(わた)しながら、国王は口を開く。

「今宵(こよい)はよく集まってくれた。皆、ゆるりとこの場を楽しんで欲しい」

少し砕(くだ)けた挨拶(あいさつ)をして国王は微笑んだ。今日は体調も良さそうである。

「……と言いたいところなのだが、今日は皆に一つ問いたいことがある」

国王はそう言うと、コレットに目を向けた。そして、目を細めながら手招きをする。

コレットは何のことかわからないまま壇上(だんじょう)に上げられ、国王の隣(となり)に並ばされた。壇上から見えるヴィクトルは楽しそうにニコニコと笑っている。

「この度(たび)、彼女に聖騎士(パラディン)の称号(しょうごう)を授(さず)けることにした」

「はぃいぃ!?」

国王の言葉にコレットは思わずひっくり返った声を出す。目を白黒させていると、観衆のざわめきが耳を掠めた。それもそうだろう。聖騎士というのは貴族の位の一種だ。騎士としての最高位を示す位でもある。それを一人の小娘に授けようというのだから周りも混乱するというものだ。

ざわめきをものともせずに国王は声を張る。

「あまり知られてはいないが、彼女はかつての戦争で〝純白の戦姫〟と呼ばれた娘だ。そして、詳細は明かせないがつい最近もこのプロスロク王国を救ってくれた、我が国の恩人である。聖騎士になるには十分な素質を兼ね備えている」

ゆっくりと喧噪も静まっていく。

「しかし、平民に聖騎士の称号を与えるには皆に同意を得なければならない。なので、この場を借りて皆に私の決定の是非を問いたいと思う。私の決定に賛同してくれる者は拍手を……」

その宣言に拍手が上がる。最初は数人が手を叩く音だけだったが、次第に音は大きくなり、満場一致を知らせるような音になった。

これにはさすがのコレットも声を上げずにはいられなかった。

「ちょ、ちょっと、待ってください！　私はそんな称号なんて……」

乱暴な物言いになりそうなのを、コレットは慌てて正す。

「私は称号が欲しくて協力を申し出たわけではありません。国王様のご厚意はこの身には過ぎます。私は今まで通りに慎ましく過ごさせていただければ、それで……」

「という娘なのです、彼女は……」

コレットの言葉を遮ったのはヴィクトルだった。彼は少しだけ唇の端を上げながらコレットに近づいてくる。

「驕らず、慎ましく、謙虚で、気高い。それが私の婚約者です」

その紹介に、辺りがざわめいた。

「ちょ、ちょっと！　ヴィク……」

「照れなくてもいいよ」

コレットの制止をすぐさま封じて、ヴィクトルは国王に視線を向けた。

「父上、私から一つお願いがあります」

「何だ？」

「コレットを私の正室にする許可をいただけませんか？」

さすがのコレットも絶句した。本気で彼が何を言っているのか理解できない。

ヴィクトルはそのままよく回る舌で続けた。

「二度もこの国の窮地を救った彼女は、まさに救国の戦姫と呼ぶに相応しい。しかしながら、彼女は聖騎士の称号もいらなければ、国に属するのも畏れ多いと言います。けれど、このままでは彼女の力は他国に利用されてしまうかもしれません」

彼の言葉に辺りは静まりかえる。もはや、その場はヴィクトルの独壇場だった。

「彼女は素直で実直です。しかし、裏を返せば騙されやすいということです。聖騎士の位を賜るほどの彼女をこのままどこにも属さない場所に放置してもいいものでしょうか？」

辺りから「それはよくないよな」「確かにまずいな」などの、ヴィクトルに賛同するような声が持ち上がる。ヴィクトルはまるでとどめを刺すように宣言をする。

「これは政略結婚です。政略結婚とは、繋がらない両者の絆を血脈によって繋げるもの。これは彼女をこの国に留めておくために必要な結婚です。側室では心の絆は結べても、血の絆は結べません」

もうコレットは考えることを放棄した。こうなったらもうどうなってしまうのかは鈍い彼女にだって容易に想像がつく。その想像通りに国王は力強く頷いた。

「そうだな。ヴィクトルの言うことも尤もだ。彼女はどうやっても他国に利用されるわけにはいかない。よって、彼女をヴィクトルの正室にすることを許可しよう」

「ヴィクトルー!!『破談になりました』『間違いでした』って言ってくれる約束だったわよね!!」

コレットが怒りを露わにしたのは夜会が終わってしばらく経ってからだった。正直、夜会がどのように行われたのか、あれからどうなったのか、全く覚えていない。あまりのショッキングな出来事に開いた口がふさがらないままぼんやりと時間を過ごしていたように思う。

何人かの人に挨拶もされたような気がしたが、名前も顔も一切思い出せない。

眦を決する彼女を後目に、ヴィクトルは椅子に腰掛けたまま機嫌が良さそうな笑みを向けた。

「コレットはなにを言っているのかな？　俺は『ステラ様を国に帰したら、婚約を撤回する』と約束したのであって、『この件が解決したら婚約を撤回する』とは言ってないつもりだよ」

「だ、騙したわね！」

「俺はね。人間誰しも騙される方が悪いと思っているよ」

キラキラの王子様スマイルでそう宣ったヴィクトルを睨みながら、コレットは怒りで顔を赤くさせ、小さく震えた。

そんな彼女に優しい視線を送り、彼は先ほどよりも落ちついた声色を出す。

「コレットはさ、俺と結婚するのは嫌？」

「それは……」

今度は頬を違う意味で赤くさせ、コレットは言い淀む。正直、ヴィクトルに対する気持ちはわからない。好きなのは好きだが、それが恋愛に対するものなのかはまだよくわかっていなかった。

「コレットは最初に言ったよね？『気持ちのない結婚は嫌だ』『側室は嫌だ』って。その条件は全部クリアしたと思うけど、俺はあと何をしたら君を手に入れられるのかな？」

その甘ったるい響きに全身の体温が上昇する。

しかし、彼はいつからこんなことを考えていたのだろうか。そう考えて、コレットはぴたりと動きを止めた。

「ヴィクトル、ちょっと聞いてもいい？」

「何かな？」

「もしかして、最初からこの展開まで読んでいたとかじゃないわよね……」

コレットは訝しげな声を出す。ヴィクトルとコレットが約束をしたのは、最初に国王と謁見した直後のことだ。かなり前の話である。その頃からここまでの展開をヴィクトルが読んでいたとするならば、とんでもないことだ。

ヴィクトルはコレットの言葉に楽しそうな笑顔を向ける。

「コレット、覚えているかな。こういうのを『外堀を埋める』って言うんだよ」

どこかで聞いたことのある言葉を放ちながら、ヴィクトルは彼女の言葉を肯定する。

そうして、軽やかに回る舌でこう続けた。

「コレット、結婚してくれるかな。もちろん側室なんて持たないし、一生大切にするよ」

「絶対、嫌に決まっているでしょうが!!」

感情なんて入る隙もないほどに、コレットは気炎を上げた。

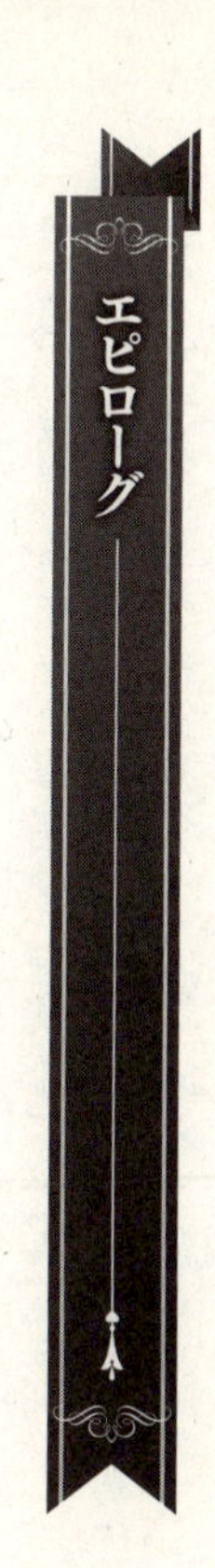

ステラの事件を含む一連の出来事から一ヶ月。

コレットはすっかり元の生活に戻っていた。

数個の仕事を掛け持ちしながら、救済院のために奮闘する生活である。

公爵家の娘となったステラとは今ではすっかり文通仲間で、毎日のように手紙が届いていた。

突き抜けるような青い空に、綿菓子のような雲。コレットは頬に泥をつけたまま、苗の植え終わったばかりの畑を見渡した。そうして、満足そうに頷く。

「よし！　完璧!!」

「今日も精が出るね。はい、手ぬぐい」

「ありがとう……って、なんでアンタがここにいるのよ……」

差し出された手ぬぐいを受け取りながら、コレットは半眼で隣にいる彼を睨みつける。

そこにはヴィクトルがいた。まるで最初からその場にいたかのように馴染んでしまっているところが逆に恐ろしい。

「今日も来ちゃった」

『来ちゃった』じゃないわよ。こんなところで何してんのよ、忙しいんでしょう？」

　王太子が遊学という形で国から消えた今、ヴィクトルは以前にも増して忙しそうにしていた。にもかかわらず、彼は三日と置かずにコレットのいる救済院へ顔を覗かせている。

「忙しいけど、婚約者殿の様子は見に来なくっちゃね」

　飄々とそんなことを言ってのける彼にコレットは顔をしかめた。それもそうだ。結局、二人の婚約はそのままなのだ。コレットが今の生活に戻れているのはいわゆる結婚までの準備期間らしい。

「あ、ヴィクトル！　おひさぁ！」

　そんなとき、救済院の方からティフォンが可愛らしい声を上げながら歩いてきた。小さな手を振り上げて走ってくる彼は、まるで毬が弾んでいるかのようだ。

「ティフォン、久しぶり。……と言っても一昨日ぶりだけどね」

「そうだっけ？　こうもゆったりだと、時間感覚狂っちゃうよねぇ」

　おっとり言って、ティフォンはその場に腰を下ろす。

　彼を見下ろしながら、ヴィクトルは何かを思い出したかのような顔つきになった。

「そういえば、ティフォンが消えた原因って結局なんだったんだい？」

「あ、それ！　私も気になったのよね！　肝心なときに現れてくれたからいいものの、突然消えるとか本当にやめてよね……」

コレットが賛同するように言うと、ティフォンは頬を膨らませた。

「力が使えなくなったのはコレットのせいなのに、勝手にボクだけのせいにしないでくれる？」

「え、私の？」

驚いたコレットにティフォンが人差し指を突き付ける。

「そうだよ！　コレットがボクのことを否定するからでしょう？　『こんな力なんてなかったらよかったのに』なんて思われたら、ボクだってコレットに力を貸してあげられないよー」

そのときのことを思い出したのか、ティフォンは腹立たしげに足をばたつかせる。

「まったく、ヴィクトルに自分自身が好かれていないかもしれないってだけでボクのことを否定するなんて、『ボクらの友情はそんなものだったんだね』って、ちょっと落ち込んじゃったよ」

「ちょ!!」

「つまり、コレットは俺に好かれてないかもしれないと思って、それがショックで力が使えなくなった、ということかな？」

「そんなわけないでしょう！」

冷や汗を滲ませながら、コレットは叫ぶ。

しかし、ヴィクトルの勢いもティフォンの勢いもまったく緩まらない。

『嫌よ嫌よも好きのぅち』っていぅけど、あれってコレットのことを指す言葉だよねぇ。少しくらい素直になればもうちょっと可愛げがあると思うのにー」

「ちょっと、ティフォン！　いい加減黙って……！」

「コレットは可愛いと思うよ。特に全力で嫌がっている姿とか、見ていてゾクゾクするね」

「アンタはちょっと怖いわよ!!」

コレットは両手で二人の口をふさぐ。

「二人とも、本当に黙って――って、ひゃぁぁあ!!」

ヴィクトルの口を押さえていた手を彼女は変な声を出しながら引っ込める。

「ヴィクトル！　い、いま、舐め――!!」

「いや、どんな反応するのかなぁって気になったから」

ヴィクトルはにこにこと悪びれもしない。

コレットは赤ら顔で金魚のように口をパクパクさせていた。

「コレット、まっかぁー！」

「うるさい！」

「そうやってすぐ赤くなるコレットも可愛いと思うよ」

「アンタが原因でしょうが!!」

何もかもヴィクトルのペースである。

自分の行動一つ一つが操られているような気さえしてきて、コレットは本能的に彼から距離を取った。

「私なんかに構ってないで、ヴィクトルはお兄さんのことなんとかしなさいよ！　このままにしておくつもりはないんでしょう？」

「まぁ、その辺のことは色々考えているよ」

少しだけ真剣みが増した声色に、コレットも警戒を解いた。

「……ってことで、協力してくれるよね。コレット」

「……いいわよ。というか、どうせ巻き込まれるんでしょう？」

呆れたように言えば、彼は頷く代わりに唇の端を引き上げる。

瞬間、肩を引き寄せられたかと思うと、唇に何か押し当てられた。温かくて、柔らかくて、しっとりと湿っている。それがヴィクトルの唇だと気付く前に彼の顔は遠ざかっていく。

「あと、ちゃんと迎えに行くから心の準備の方もよろしくね」

砂糖をまぶしたような声で囁かれて、コレットは全身を赤く染め上げた。コレットが呆けている間に、ヴィクトルはティフォンともう救済院の方へ向かっていて、彼女は一人ぽつんとその場に取り残される。

じわじわと這い上がる熱に、叫び出しそうになる。

赤くなった顔を覆いながらコレットはその場にしゃがみ込んだ。

「絶対に、絶対に頷いてなんかやらないんだから……」

嬉しいと思ってしまったその心でさえもヴィクトルに操られているような心地がして、コレットは唸るようにそう呟いた。

あとがき

はじめましての方も、そうでない方も。こんにちは秋桜ヒロロです。

この度はこの本を手に取ってくださり、本当にありがとうございました。本作は戦姫と呼ばれた救国の英雄であるコレットと、本心が読めない苦労人腹黒王子ヴィクトルのドタバタラブコメディです。二人のじれじれとしたやり取りを楽しんでいただけたなら、とても嬉しいです。

ここで、制作秘話（?）を一つ。実はティフォンの外見なのですが、少年と書いてあるのにも拘わらず、私はずっとカー●ィをイメージして書いていました。そうです。あの丸っこくてピンク色で、前に『星の』とつくあのカー●ィです。可愛い感じにしたいけど、あんまり幼くしてもコレットと意思疎通が取れないしなぁ……と困った末のカー●ィです。それを告白したとき、担当Y様からは『とてもピンクですね（笑）』とのお褒めの言葉（?）を頂きました。

そんなティフォンの外見なのですが、なんと縹ヨツバ先生が可愛くイラストにしてくれました！　イラストを見たとき、「そう、これ！　こんな感じ！」と声に出してしまいました。そして、私は小説の方をイラストに合わせて変えるという。不甲斐ない……！

そんな不甲斐ない私ですが、これからもどうぞよろしくお願いいたします。

秋桜ヒロロ

「救国の戦乙女は幸せになりたい! ただし、腹黒王子の求婚はお断り!?」の感想をお寄せください。
おたよりのあて先
〒102-8078 東京都千代田区富士見1-8-19
株式会社KADOKAWA 角川ビーンズ文庫編集部気付
「秋桜ヒロロ」先生・「縹ヨツバ」先生
また、編集部へのご意見ご希望は、同じ住所で「ビーンズ文庫編集部」
までお寄せください。

救国の戦乙女は幸せになりたい!
ただし、腹黒王子の求婚はお断り!?

秋桜ヒロロ

角川ビーンズ文庫 BB132-1 21085

平成30年8月1日 初版発行

発行者――三坂泰二
発 行――株式会社KADOKAWA
〒102-8177 東京都千代田区富士見2-13-3
電話 0570-002-301(ナビダイヤル)
印刷所――暁印刷 製本所――BBC
装幀者――micro fish

ISBN978-4-04-107262-2 C0193 定価はカバーに表示してあります。